14ª edição

Jair Vitória

Botina Velha, o escritor da classe

Ilustrações: Roberto Weigand

Conforme a nova ortografia

Atual Editora

Série Entre Linhas

Editor • Henrique Félix
Assistente editorial • Jacqueline F. de Barros
Preparação de texto • Lúcia Leal Ferreira
Revisão de texto • Pedro Cunha Jr. (coord.)/Elza M. Gasparotto/
Maria Cecília Kinker Caliendo/ Célia Regina do N. Camargo

Gerente de arte • Nair de Medeiros Barbosa
Coordenação de arte • Marco Aurélio Sismotto
Diagramação • Lucimar Aparecida Guerra
Projeto gráfico de capa e miolo • Homem de Melo & Troia Design
Coordenação eletrônica • Silvia Regina E. Almeida

Suplemento de leitura • Maria A. V. S. Pereira
Projeto de trabalho interdisciplinar • Lúcia Leal Ferreira

Dados Internacionais de Catalogação na Publicação (CIP)

Vitória, Jair, 1943-
Botina Velha, o escritor da classe / Jair Vitória; ilustrações Roberto Weigand. – 14ª ed. – São Paulo : Atual, 2009. – (Entre Linhas: Sociedade)

Inclui roteiro de leitura.
ISBN 978-85-357-0301-6

1. Literatura infantojuvenil I. Weigand, Roberto. II. Título. III. Série.

CDD-028.5

Índices para catálogo sistemático:
1. Literatura infantojuvenil 028.5
2. Literatura juvenil 028.5

14ª tiragem, 2022
Impressão e acabamento: Edições Loyola

SARAIVA Educação S.A.
Avenida das Nações Unidas, 7221 – Pinheiros
CEP 05425-902 – São Paulo – SP – Tel.: (0xx11) 4003-3061
www.editorasaraiva.com.br
atendimento@aticascipione.com.br

CL: 810355
CAE: 602680

Sumário

Para

MARIA CRUZ, minha professora do 3º ano primário e que um dia me chamou de escritor da classe.
BENÍCIO DE CARVALHO, meu professor do 4º ano primário, com gratidão pelo incentivo aos estudos.

Juvenal e seu mundo difícil

Juvenal recebeu o livro com os olhos brilhando de alegria.

Sorriu. Ia ser mais uma aventura emocionante viajar pelas páginas daquele livrinho de cordel: *O Pavão Misterioso*. O outro menino disse:

– Você nunca vai esquecer essa história, Juvenal. Você que gosta de ler. Mas não deixa ninguém pegar.

– Eu sei, Toninho. Você sabe que eu cuido bem.

Contemplou a capa do livrinho. Como era bom poder comprar livros e poder ler! Pensou no pai. Pensou na sua vidinha apertada, dura. O pai teimando para que ele saísse da escola. Ele, doido para continuar estudando. Não estava nada fácil aquela situação. Quanto mais passava o tempo, mais o menino mergulhava no encantamento do estudo.

Saindo de Aldeota, a cidadezinha, o menino atirou uma carreira para alcançar as irmãs Elisa e Maura e o irmão Alceu. Tinha ficado para trás a fim de pegar o livrinho com o filho do barbeiro da rodoviária, o Toninho. Outros colegas iam também pela estrada.

– Ói só *O Pavão Misterioso*, molecada!

– Vai ler isso, Juvenal? – um colega perguntou.

– É claro!

– Eu só olho a capa.

– Leio alto até pro vovô Amaro escutar.

– Juvenal não pode ver um livro que fica doidinho querendo pegar pra ele – Elisa falou.

Mas em Aldeota não havia biblioteca nem livraria. Apareciam gibis e fotonovelas em quadrinhos. Poucas pessoas possuíam livros. Havia livros de literatura de cordel na papelaria do Carmino, mas Juvenal não podia comprar. O pai não dava dinheiro e era até contra aquele gosto pela leitura que o filho tinha inventado de sentir.

•

Era mês de outubro e o tempo quente bafejava poeira. O pai queria que o Juvenal já tivesse abandonado o grupo. Já tinha feito o primeiro semestre do terceiro ano primário e isso estava bom demais. Os dois filhos mais velhos tinham terminado somente o segundo ano. Juvenal tinha embirrado que queria continuar estudando e estava conseguindo. Depois que tinham mudado para perto de Aldeota, a vida parecia mais risonha. Ali ele podia pegar o diploma primário. Nas duas escolinhas da roça por onde tinha passado, quem ia mais longe terminava apenas o terceiro ano. Aldeota, empoeirada e tosca, parecia um luxo para o menino da roça.

Depois de cinco quilômetros estava a casa de pau a pique, barreada. O córrego cantarola nos fundos. Pelos arredores, as roças. A mãe, magra e conformada com a vida.

– O seu pai falou pra você levar uma cabaça d'água, Juvenal. É pra almoçar e ir logo.

– Sei.

Sol de depois do meio-dia. A barriga cheia e aquela vontade gostosa de tirar um cochilo e depois ir para a beira do córrego, ficar debaixo daquele sangue d'água e ler a história do Pavão Misterioso.

Ler alto aqueles versos rimados, declamando. Ler para os matos e depois ir abaixando a voz até ficar cansado. Depois acompanhar a aventura com a imaginação. Aquela magia e aquele encantamento desenhando um outro mundo.

Apanhou a cabaça e foi encher de água. Pensou na professora Mariângela. Joia de professora que ultimamente tinha passado a chamá-lo de escritor da classe. A primeira vez que ouviu aquilo:

— O Juvenal é o escritor da classe, turma. Tem uma imaginação fecunda que só vendo! Ouçam a narração dele. Eu corrigi, é claro, pois está cheia de erros, mas o que importa é a ideia.

O que era escritor? Será que era o tabelião do cartório que vivia escrevendo? Quando descobriu o que significava aquilo, ficou todo orgulhoso. Ele tinha jeito para escrever. Tinha inteligência e alguma coisa mais que os outros alunos não tinham.

— Se você pudesse estudar, Juvenal, seria uma ótima coisa na sua vida.

Ele ficou olhando para a professora. O pensamento voou da escola para as roças.

— Se você pudesse ir para uma cidade onde há ginásio, colégio, faculdade. Não só o primário. Isso é muito pouco.

Um colega zombou:

— O ginásio dele vai ser a roça, dona Mariângela. O pai dele já tá querendo tirar ele da escola este ano mesmo.

— Isso eu não vou permitir. Vou conversar com o pai dele e dizer que ele está fazendo uma grande ingratidão com um menino desses. Vou convencer seu pai a deixar você terminar pelo menos o primário, Juvenal. Por que ele está querendo tirar você da escola?

— Pra levar pra roça.

— Que isso! Que falta de mentalidade!

O tal colega falou:

— O pai dele falou que fazendo o segundo ano já tá bom.

— Tá bom uma ignorância.

•

Juvenal pensou tais coisas rodando o sarilho da cisterna. Pensou nos poucos meninos de Aldeota que os pais mandavam estudar fora.

Alguns iam para o Dom Bosco, em Monte Aprazível. Ele sabia de dois que estavam em Ribeirão Preto. Um em São José do Rio Preto. Duas mocinhas em Taquaritinga. Aqueles sim deviam aproveitar belamente o acesso ao mundo dos estudos. Que inveja! Certamente nunca iria ter uma oportunidade daquelas.

Caminhou mais dois quilômetros carregando a cabaça. Viu o pai empoeirado, trabalhando com uma plantadeira puxada por um cavalo.

– Por que demorou tanto assim, Juvenal?

– Não demorei...

– Agora você vai puxar o cavalo no lugar do João Carlos.

Era tempo de plantar. O serviço começava a aumentar. O pai poderia tentar tirá-lo da escola agora. Já vinha falando nisso...

Não muito longe dali vovô Amaro trabalhava. Velho de sessenta e dois anos. Acabado, magro, alegre. Pai da mãe. Por causa daquele gosto do Juvenal pelos estudos, vovô Amaro costumava dizer brincando:

– Dr. Juva. Esse menino tem cabeça!

E ficava ouvindo o menino ler aqueles versos simples de literatura de cordel. Gostava. Prestava uma atenção de gato sondando um passarinho pra pegar. O velho morava na mesma casa. Era o maior ouvinte das leituras do menino.

Um sonho de menino

Naquela noite o pai falou meio azedamente:

– Tá na hora de você sair dessa escola, Juvenal. Já aprendeu o que precisa. Sabe escrever e fazer as contas. O serviço tá aumentando e a roça precisa de você.

Vovô Amaro estava ali perto com o seu cigarro de palha. Espiou com seu jeito de coruja e falou:

– O doutor Juva precisa pegar o "deploma", Climério. O menino tem cabeça. Tira ele da escola não. Ele gosta dos livros.

– Com diploma ou sem diploma a vida vai ser a mesma coisa, seu Amaro. Lavrador não precisa de saber muito. Qualquer tantinho já tá bom. O Maurilo e o João Carlos não têm diploma.

– Mas não gostavam de estudar mesmo. O Juvenal é diferente. Ele pode ser até um "doutor adevogado".

– Coitado – João Carlos falou.

– Só se a enxada virar caneta – Maurilo zombou.

Juvenal ali perto, sentado num banco tosco, estremeceu. Se tivesse mesmo que sair da escola agora, a vida iria perder o brilho. Iria pedir à dona Mariângela que fosse mesmo falar com o pai. Terminando o terceiro ano primário, já parecia alguma coisa. Se tirasse o diploma primário, seria um grande triunfo. A mãe entrou na conversa.

– Deixa o Juvenal terminar pelo menos o terceiro ano, Climério. O menino quer o estudo.

– Eu não tenho estudo e vivo bem, Altina.

– Vive que nem burro de carga dos outros, na ignorância.

– Que burro de carga! Tanto homem por aí que tem o diploma e tá na mesma situação minha. Na minha família e nem na sua não tem ninguém estudado.

– Mas pode ter o Juvenal. É o gosto dele.

– Menino de treze anos já tá na hora de sair da escola. O serviço dele é que vale. Amanhã não vai pra escola não, Juvenal.

O menino coçou o pescoço. Sentiu-se como se tivesse sido derrotado na batalha mais importante da sua vida. Vovô Amaro soltou uma grossa baforada e ficou calado. A mãe foi para a cozinha. Parece que os irmãos mais velhos gostaram. Juvenal estava tendo privilégios demais.

A noite quente mandava notícia de chuva dos lados do horizonte sul. Juvenal queria ler alguns versos do *Pavão Misterioso*, inclusive para o avô ouvir. Mas agora tinha perdido o fio da inspiração. Tudo estava sem graça. O pai vivia censurando aquela sua mania de ler sob a luz pálida da lamparina. Não porque poderia estragar a vista, mas porque gastava querosene. No dia seguinte não poderia mais ir para o Grupo Escolar de Aldeota. Queria aprender mais, muito mais. Depois de ter tomado banho e estar preparado para mostrar ao avô *O Pavão Misterioso*, recebia um choque daqueles, nem tinha mais ânimo para falar nisso. Ele era o escritor da classe, mas não iria poder escrever mais. Não iria mais ficar orgulhoso com os elogios da professora.

Não quis ouvir mais prosa na sala. Foi para o quarto quase trombando com as paredes. Arrastando uns chinelões feitos de botinas velhas. Sentou-se na cama.

"Quando eu tiver dezoito anos, vou embora de casa. Vou pra uma cidade grande. Vou pra São Paulo ou pro Rio de Janeiro. Vou estudar."

A mãe entrou no quarto e o encontrou com o queixo apoiado na mão direita. Os olhos brilhando como se preparassem futuras lágrimas.

– A gente é pobre, Juvenal. Pode estudar mesmo não. Tem recurso não.

– Eu queria terminar o grupo, mãe.

– Já sabe bastantinho. Você lê bem. Sabe muito.

– Sei nada não, mãe. Escrevo tudo errado.

Um conhecido acabara de chegar. O pai soltou uma gargalhada. Vovô Amaro riu também. O cheiro de fumaça de fumo de corda espalhava pela casa. A mãe saiu do quarto e o menino esticou-se na cama. Os irmãos mais velhos entraram com cara de gozação.

– Doutor Juva... – Maurilo falou.

– Doutor Juvenal da enxada – João Carlos zombou.

– Então o doutor já perdeu o diploma?

– Nem pegou, João Carlos.

Juvenal virou para o canto. A vontade era pegar um chinelão daqueles e atirar contra os irmãos e xingar o que sabia. Elisa entrou no quarto e falou:

– O papai mandou buscar a lamparina. Vai ler, Juvenal?

– Não.

Ficou sozinho no escuro. Na sala havia uma prosa animada e ele sempre gostava de ouvir, mas naquela noite não estava para nada. *O Pavão Misterioso* estava no bornal de material da escola. Aquela capanga tinha de ser colocada de lado. Símbolo de uma vontade machucada. Quase morta. Agonizante. Estudar era belo. Aprender era maravilhoso. Os livros tinham o poder de mostrar um outro mundo. Coisas desconhecidas. Um livro era um mágico que trabalhava no cérebro dele. Um companheiro-amigo que ia ensinando as coisas sem cobrar nada. Por que será que os irmãos não gostavam dos livros? Por que outros alunos iam à escola obrigados? E por que ele, o Juvenal, um caboclinho filho de pais analfabetos, tinha sentido amor pelos livros? Tinha sentido aquela atração inexplicável, aquele encantamento que o chamava constantemente para a descoberta de novas coisas, e sobretudo para o contato com a beleza das palavras e com a emoção do prazer intelectual?

Chorou e molhou o travesseiro. Talvez não conseguisse nem terminar o primário, mesmo. O que é que se havia de fazer? Ora, restava a esperança de que a professora Mariângela pudesse convencer o pai de que ele deveria continuar estudando. Deveria terminar pelo menos aquele ano. Deveria tirar pelo menos o diploma do primário.

A dureza do pai

De manhãzinha a fumaça do cigarro de palha do vovô Amaro dava bom-dia. Um mau dia aquele. Carrancudo como o Juvenal. Nuvens grossas e aquela umidade no ar.

– Não tem mais escola não, Juvenal. Já chega. Vai encher a moringa d'água. Só as meninas e o Alceu é que vão.

Procurou um jeito de conversar com a Elisa.

– Fala pra dona Mariângela que o papai me tirou da escola. Mas não conta pra ninguém, não. Nem deixa o papai saber.

– Sei.

Elisa, Maura e Alceu foram para a escola. Juvenal seguiu para a roça. Não era ruim estar indo para a roça; era ruim não estar indo para a escola. As botinas velhas nos pés. Aquela do pé esquerdo calcanhada, tombada para dentro. A do pé direito descosturada atrás, saindo do pé. Precisava cortar tiras de couro cru e costurar. Sempre fazia aquilo com as botinas, pois elas ficavam tão velhas que iam caindo aos pedaços. E ficava descalço também.

– Doutor Juva saiu da escola. Seu pai é cabeçudo. Quando você crescer, se quiser estudar, é só ir pra uma cidade grande.

– Vou fazer isso, vô. O senhor conhece a história do Pavão Misterioso?

– Conheço não.

– Arranjei o livrinho. Vou ler pro senhor escutar no domingo.

– É bonita?

– Falaram que é.

A lavoura mostrava a terra vermelha arada. Linhas de arroz como agulhas verdes. Juvenal tinha de labutar ali. De repente a cabeça voava lá para a sala de aula. Ouvia até a voz da dona Mariângela.

– Agora vamos ter uma aula de linguagem: NARRAÇÃO À VISTA DE UMA GRAVURA. Vão inventar uma história. Não é descrição desse quadro. Eu quero ver a imaginação de vocês. Cuidado com erro no plural, ouviu Juvenal? Você tem ideias boas, mas escreve "nós foi, nós vai".

– Tá pensando na morte da égua, Juvenal? – Maurilo perguntou, dando-lhe um empurrão.

Se respondesse que tinha voado para a sala de aula, iriam zombar ainda mais dele.

– Vai amolar os cachorros.

Vovô Amaro falou:

– Juvenal ainda vai estudar. Vai ser o doutor Juva.

– Vai estudar nessa escola aqui. A caneta dele vai ser a enxada.

E a enxada estava ali no pé do eito. A escola em Aldeota. Um homem costuma ser aquilo que deseja, mesmo com muitas dificuldades que tem de enfrentar e vencer. Bateu a enxada na terra. Cortou matos.

– Vamos ver onde a onça bebe água, molecada.

Vovô Amaro gritou e olhou para os netos. Talvez estivesse pensando na pinguinha que gostava de beber nos fins de semana. Maurilo soltou um grito de roça.

– É aqui que a porca torce o rabo.

João Carlos continuou:

– E o filho chora e não mama.

Juvenal permaneceu no seu silêncio taciturno. Ele tinha de gritar alguma coisa também, conforme o costume ali. Maurilo implicou:

– Aqui é onde doutor trabalha na enxada.

– E dá suor pra marimbondo chupar e ferroar o pescoço – João Carlos falou.

Eta sexta-feira dolorida! O pai ainda não tinha chegado. Estava ajudando o dono da fazendinha onde moravam, no curral. Tirava leite, que o homem levava para Aldeota numa caminhonete. Coisa sem graça! O dia estava pesado e amargoso.

O sol bombardeou as nuvens com suas flechas de luz e mostrou a cara. Vovô Amaro falou:

– Pensei que fosse chover pra gente atolar nessa terra arada e ir embora mais cedo. A cara do sol...

•

À tardinha, quando voltavam da roça, Juvenal ficou para trás. Queria caminhar sozinho. Pensativo. Quase não tinha conversado naquele dia. Tinha ouvido muito deboche. Vovô Amaro disse ao genro:

– O Juvenal ficou danado de triste, Climério. O menino gosta de estudar.

– Esquece isso logo, seu Amaro.

– Parece que é um negócio que tá no sangue dele.

– Isso passa.

– Você devia deixar o menino terminar pelo menos este ano.

– Precisa disso não. Mão calejada é pra enxada, e não pra caneta.

Quando Juvenal chegou em casa, vovô Amaro estava sentado num toco de peroba no terreiro. Tinha cheirado rapé e estava com a boca aberta esperando o espirro. Era um vício. Às vezes o espirro não vinha, pois o homem já estava acostumado demais com aquele pó de fumo.

– Excomungado de espirro. Chegou pertinho e não estourou. Vai ler a história do tal Pavão pra eu escutar, doutor Juva?

– Tá ficando de noite, vô. Domingo ou amanhã se a gente chegar da roça mais cedo.

O menino queria saber da Elisa como tinha sido o dia na escola.

– Contou pra dona Mariângela, Elisa?

– Contei. Ela ia escrever um bilhete pro papai, mas falou que vem aqui.

Juvenal ficou em silêncio por algum tempo. Uma rolinha-terra gemia numa goiabeira. Vovô Amaro espirrou.

– Vem que dia?

– Amanhã de tardezinha.

Restava aquela esperança. Dona Mariângela poderia convencer o pai. Saiu dali e foi procurar o couro de boi. Precisava cortar umas três tiras para costurar o calcanhar da botina do pé direito que já não queria parar. Já virando um chinelão. Cortou as correinhas e passou azeite de mamona.

– Aí, você não tem nem botina pra ir pra escola, Juvenal.

– Posso ir descalço mesmo, mãe.

– É feio.

– Feio, mas muita gente vai.

Fez os furos com uma ponta de lima velha de amolar e passou as correias. Deu os nós e fez um serviço tosco. Nunca tinha calçado um par de sapatos, só botinas. Quando as botinas estavam novas, tudo ia bem. Depois que não davam mais para o uso, o jeito era andar algum tempo descalço. Quando jogou a botina de lado, lembrou-se de que alguém na escola, naquela semana, tinha gritado para ele:

– Botina velha. Juvenal botina velha! – Era o Leôncio.

Sentiu vergonha. Tentou esconder os pés nos bolsos. Caminhou desajeitadamente. Era melhor ir descalço.

A professora Mariângela

O pai levou um pequeno susto ao encontrar a professora Mariângela em casa. Se soubesse, não teria chegado.

– Boa tarde, professora.

– Boa tarde.

Elisa foi correndo encontrar o Juvenal. O menino tinha acabado de atravessar o córrego.

– Dona Mariângela tá lá em casa, Juvenal. Veio falar com o papai pra não tirar você da escola.

– Vou ficar aqui. Você vai lá e escuta. Depois vem me contar.

– Sei.

•

O pai se mostrava meio encabulado. Precisava encontrar uma desculpa e sair. Desconfiou logo do motivo da presença da professora.

– Senhor Climério, eu quero ter uma conversa séria com o senhor.

– Comigo? – Ele riu sem graça.

– É. Como é que o senhor tira um menino como o Juvenal da escola pra levar pra roça simplesmente?

– É a necessidade, professora.

– Isso não pode ser. Um menino que é o melhor aluno da turma e que adora estudar não pode sofrer uma injustiça dessas. Isso é uma ingratidão por parte de um pai. Quantos pais por aí queriam ter um filho estudioso como o Juvenal e o senhor não dá a menor importância a isso? Aliás, deve achar até que isso é um defeito.

– Isso não, dona Mariângela.

– O senhor sabe o valor do estudo, senhor Climério?

– Quando a gente pode, né?

– E o senhor pode. E deveria ter orgulho desse menino. Ele pode estudar e trabalhar uma parte do dia.

– Mais ou menos.

– O senhor vai deixar o Juvenal frustrado para o resto da vida se tirar o coitado da escola.

"Frustrado?" Que palavra mais esquisita. Será que era doença?

– O menino inventou essa mania de garrar com estudo, dona Mariângela, mas é passageira.

– Não é passageira, não. É uma vocação muito forte. Eu vim aqui exigir que o senhor mande o menino de volta para a escola. O serviço que ele vai deixar de fazer na roça metade do dia não vai matar ninguém de fome aqui. Onde já se viu um adolescente sofrer um golpe desses de ser arrancado da escola assim criminosamente. Será que o senhor não tem sentimento ao ver seu filho frustrado numa causa tão nobre?

Outra vez a professora falou aquela palavra. Será que significava algum crime?

– É um crime o que o senhor está cometendo, senhor Climério.

Ah, a tal palavra só podia significar crime.

– Eu quero que o senhor me dê a sua palavra que segunda-feira o senhor vai mandá-lo de volta para a escola.

– Então ele vai, dona Mariângela.

– É isso mesmo. O senhor não estará fazendo um favor a ele, estará apenas cumprindo com o seu dever de pai em dar educação a um filho que deseja isso com seriedade.

– Certo.

– Cadê o Juvenal?

– Ainda não chegou da roça.

– Segunda-feira eu converso com ele. Muito obrigada pela sua compreensão, senhor Climério.

– Nada não. A Altina tá fazendo um cafezinho. A senhora não quer tomar uma xícara?

– Aceito.

Enquanto a professora tomava a xícara de café, Elisa correu e foi contar a novidade ao irmão.

– Ju, você vai voltar pra escola segunda-feira! O pai prometeu pra dona Mariângela!

Foi uma emoção de arrepiar. Ficou calado, sério. Vibrou com a vitória. Os olhos brilhavam que eram duas estrelas em céu limpo de madrugada.

– Ela perguntou por você. Vai lá não?

– Não. Nem fale que eu ando por aqui. Vai embora.

Ficou sozinho, olhando para as árvores. No córrego, um tombinho da água fazia um barulho marulhoso. Caminhou para lá. Como os matos estavam belamente verdes naquele vale agreste! A vida tinha de começar como um filete de água que aos poucos ia virando um córrego, mergulhava no rio das lutas para se encorpar e alcançaria o oceano das conquistas. Se terminasse o primário, já seria um bom passo andado. Daí, quando completasse dezoito anos, era só ir embora para São Paulo e estudar. Lavou o rosto ou simplesmente passou água para afogar a emoção. O pai não tinha capacidade para avaliar o seu sentimento pelos livros.

"Vou pra escola."

Pensou no livrinho de literatura de cordel, *O Pavão Misterioso*. Aquele pássaro imenso na capa. Tudo pareceu mais belo ainda. O cansaço foi embora do corpo. A esperança, que estava murcha, ganhou o verde das árvores imediatamente. Mas uma coisa o preocupava. Suas botinas estavam caindo aos pedaços. O Leôncio já tinha começado a gritar: "Botina velha. Botina velha". Era bem capaz que aquele apelido pejorativo até pegasse. Leôncio tinha uma boca maldita para pôr apelido nos outros. Se conseguisse não ligar, seria bom. Mas tinha muito sentimento. Talvez o jeito fosse ir descalço. Tião-

Preto e Zezão da Fazenda Urtiga iam só descalços. Ele também poderia ir descalço muito bem.

O pai ficou coçando a cabeça depois que a professora saiu. Tinha de descobrir o significado daquela palavra. Como era mesmo o termo? "Fustigado? Fustigrado? Furiado?" Ih, parece que tinha esquecido.

– Que palavra é aquela que a professora falou duas vezes, Altina? Você lembra?

– Que palavra?

– Não escutou ela falando uma palavra diferente, não?

– Acho que falou e foi muitas.

– Aquela uma parecendo "frunhanhado"; um trem mais ou menos assim. Eu preciso saber o significado daquilo. Não lembra não, seu Amaro?

– Escutei um palavreado bonito, mas sei não.

A professora caminhou até a rodagem e entrou no carro do marido. Voltou para Aldeota e deixou o homem com a cabeça confusa. Tinha sido vencido por ela.

Juvenal foi chegando de mansinho, desconfiado, como alguém que tinha feito uma travessura e estava com receio da descoberta.

– Doutor Juva, vai voltar pra escola.

Juvenal olhou para o avô e sorriu com os olhos. Maurilo e João Carlos olharam com olhos implicantes. O pai falou:

– Você vai voltar pra escola, Juvenal, mas vai trabalhar nas empreitas nos domingos. Quer ter esse luxo de estudar. Sua professora quer você na escola, vai. Será que é importante pra ela? Vai, ora. Mas vai trabalhar na roça também. E no ano que vem, acabou escola.

Vovô Amaro

Pouco depois os dois irmãos mais velhos saíram e foram para Aldeota. Iam para o cinema. Juvenal sentiu que eles não queriam a sua companhia. Balançou a cabeça. Tinha nada não. Gostava muito de cinema, mas ficou em casa. Não tinha dinheiro. Sentia que o pai não queria lhe dar uns trocados. Se estava na escola, já era um privilégio.

– Quer escutar um pouco a história do Pavão Misterioso, vô?

– Vou sair, Juvenal. Vou até a vila. Quer ir com o vô?

– Mas o senhor vai beber pinga?

– Não. Acho que não. Lá eu pago o cinema pra você.

– Então vamos.

– Amanhã vou buscar o cavalo que comprei. Andar a pé na minha idade não é brinquedo não.

Já estava escuro quando avô e neto saíram. A mãe do menino falou num tom de reprovação:

– O senhor não vai beber pinga não, pai.

– Vou beber pinga não, Altina. Vou até pro cinema.

Na porta do cinema estavam alguns colegas. Toninho perguntou se ele já tinha lido *O Pavão Misterioso.*

– Vou ler amanhã.

– Falaram que o seu pai tirou você da escola?!

– Tirou não. Vou voltar segunda-feira.

O avô se aproximou:

– Aqui o dinheiro pro cinema, Juvenal. Vou entrar não. Vou ficar ali no bar da Pingueira. Quando você sair, eu tô lá. A gente vai embora os dois.

Os irmãos mais velhos já estavam lá dentro para ver o bangue-bangue. Juvenal sentou do outro lado, mas foi visto.

– Onde será que o Juvenal arranjou dinheiro pra entrar no cinema, João Carlos?

– Vai ver que o vovô deu pra ele.

As botinas velhas incomodavam. Escondidas ali debaixo das poltronas ainda atormentavam a lembrança. Muito feias. Tinha começado a tomar consciência das coisas da vida. O trabalhar e possuir.

Vovô Amaro estava no bar da Pingueira. Tinha bebido, mas se mostrava bem-disposto. Uma garrafa de pinga no embornal.

– Já quer ir embora, doutor Juva?

– Já.

– Esse é o doutor Juva, meu neto, João Pingueiro.

– Doutor?!

– Ainda vai ser doutor, esse menino.

João Pingueiro olhou com um jeito debochado. Juvenal ficou meio constrangido. Queria até ir para o terreiro.

– Cadê o João Carlos e o Maurilo, Juvenal?

– Acho que já foram.

– Vou comprar umas bolachas pra nós.

Saíram. A noite não estava muito escura. Pela estrada de rodagem caminharam mais devagar. Um automóvel passou sem levantar quase nenhuma poeira.

– Amanhã cedo vou ler a história do Pavão Misterioso, vô. O senhor quer escutar?

– Quero.

– O filme foi bom. Por que o senhor não foi?

– Muito tempo fechado. Dá sono.

Tropeçou. Parece que tropeçou e caiu.

– Ê, diacho!

– Caiu, vô?!

– Um trupicão...

Ficou sentado. Tossiu.

– Levanta, vô. O senhor bebeu?

– Só matei o bicho.

– Se chegar em casa caindo, a mamãe vai ficar "braba".

– Vou dormir no paiol. Fala pra ela que eu bebi não.

– Dá conta de levantar?

– Dou. Tô só descansando um pouco. A idade...

Juvenal esperou. O avô tossiu. Cuspiu de lado. Olhou para o céu.

– Amanhã vou buscar o cavalo que comprei.

– Vamos, vô?

– Vamos.

Levantou-se com dificuldade, gemendo. Apalpou a garrafa de pinga.

– A vida vai indo, começa a não valer quase nada, Juva.

– Por quê, vovô?

– A velhice. A gente vai caindo aos pedaços. Leva o embornal pra mim, Juva.

– Dá aqui.

O velho caminhou com dificuldade. A caminhada foi lenta. Chegando ao terreiro da casa, sussurrou:

– Esconde a garrafa de pinga no paiol, Juvenal. A Altina não pode ver. Já estou bom. Vou dormir no meu colchão, na sala.

Vovô Amaro dormia na sala, num colchão de capim que durante o dia ficava no quarto dos meninos. Na hora de dormir era estendido na sala e o velho dormia. A casa era pequena para o número de pessoas.

O Pavão Misterioso

O tempo mostrou nuvens amadurecidas para chuvas, mas talvez não chovesse. Juvenal amanheceu com o livro de literatura de cordel nas mãos. O pai saiu cedo e foi trabalhar nos currais do dono da fazendinha.

– Vovô, quer escutar a história do Pavão Misterioso?

– Quero. Deixa eu tomar café primeiro.

Tomou café e foi para a sala. Elisa, Maura e Alceu foram para perto do Juvenal. Maurilo e João Carlos estavam no terreiro falando que iam jogar bola.

Juvenal leu os primeiros versos num tom de declamação. Na sala reinava silêncio. Maurilo e João Carlos pararam de conversar no terreiro. A mãe caminhou da cozinha com passos leves e foi para a sala. Juvenal encheu mais a voz e os floreados das rimas viravam uma espécie de música. João Carlos e Maurilo tinham planejado outra coisa. Não queriam ouvir a leitura declamatória do irmão, que era apaixonado por livros, mas estavam ali, calados, atentos.

– Eh, essa moça era bonita mesmo! – vovô Amaro exclamou, soltando uma baforada do cigarro de palha.

A história era uma beleza! Será que aquilo era verdade? Será que era pura invenção?

– O rapaz ficou apaixonado pela moça, hem? Ficou doido!

Juvenal parou por um instante. Fizeram comentários. Vovô Amaro perguntou:

– Isso foi verdade, doutor Juva?

– Falam que sim...

– Onde aconteceu?

– Nalgum lugar do mundo.

– Será que o rapaz vai conseguir casar com ela?

– Só no final, pra gente ver.

Quando o pai chegou, Juvenal estava todo entusiasmado lendo. O homem pigarreou, fez barulho com um copo na cozinha. Bebeu água, ouvindo. Caminhou para a sala.

– Que besteira é essa?

– Uma história bonita demais, Climério. Um rapaz apaixonado tá inventando um Pavão Misterioso pra roubar uma moça. A moça mais bonita do mundo. Escuta só um pouquinho pra você ver. Lê, doutor Juva.

– Não vou perder tempo com isso. Vou pra Aldeota.

E saiu caminhando num arrastar de botinas velhas. Juvenal ficou desapontado. Mostrou um rosto sem graça. O pai não ligava mesmo para aquelas coisas que ele tanto gostava. Não achava interessantes os livros. Não achava importante o estudo para meninos lavradores.

– Continue a leitura, doutor Juva.

Todo mundo estava ali com atenção dobrada. A história prendia como uma teia de aranha prende um mosquito. João Carlos e Maurilo não arredavam pé. Envolviam-se no arrojo declamatório do irmão e sentiam o fio da história se desenrolando nas emoções e o toque da beleza no prazer da imaginação.

– Vou beber um pouco d'água – Juvenal falou.

– Eu vou buscar – Alceu disse.

– É bom parar um pouquinho mesmo – vovô Amaro disse.

– Agora que tá no melhor da história – a mãe reclamou.

– Quem tem cabeça pra escrever uma história assim é muito bonito. Eu acho que o Juvenal ainda vai ser capaz – vovô Amaro profetizou.

– Coitadinho dele – João Carlos falou num tom de ironia.

– É só ele estudar.

– Pra fazer isso, vovô, é preciso ter estudo grande.

– E ele vai estudar, meninos. Ainda vai.

– Em Aldeota, vovô? No grupo escolar de lá?

– Um dia ele vira homem e segue o caminho certo. Eu tenho estudado bem o jeitinho dele. Esse menino vai longe. Ele tem cabeça.

– Vai longe não. As roças tão perto.

Juvenal olhou para o João Carlos. A imaginação percorreu mundos desconhecidos. Percorreu futuros fantasiosos.

– Vou continuar.

– Pode continuar, doutor Juva.

Lia como se quisesse representar a história. Vovô Amaro adorava aquele entrelaçamento de rimas contando a história. Aquele jogo de palavras na música dos versos.

O pai estava no terreiro, ali perto da porta, de pé, ouvindo. Coçava a barba e engolia a história com atenção. Mas não queria dar demonstração que estava gostando. Juvenal precisava tirar da cabeça aquela vontade de estudar. A vidinha deles era uma coisa acaboclada. Eram filhos da terra, da enxada, do rudimentarismo, da labuta nas roças. Não precisavam do luxo do estudo. Poderiam sobreviver de qualquer jeito. Não havia ninguém estudado nem na sua família nem na da mulher. Eram todos caboclos do roçado, das fazendas e ninguém nunca tinha mostrado nenhuma vocação para o estudo. Tinham sempre vivido em paragens onde o estudo era apenas uma migalhinha para o saber. Por que o Juvenal estava com aquela mania?

E a história terminou.

– Esse caboclo foi macho mesmo! Casou com a moça. Me dá até vontade de beber umas pingas – vovô Amaro falou num arrepio de emoção, pensando na garrafa escondida no paiol.

O pai afastou-se rapidamente. Juvenal suspirou cansado. Os ouvintes se mexeram e fizeram comentários sobre a história. A mãe falou que precisava cuidar do almoço, orgulhosa do filho que sabia ler bonito daquele jeito. Ler correntemente e sem gaguejar. Falava uma palavra atrás da outra sem pestanejo. Sempre tinha visto gente que lia falando a palavra sílaba por sílaba, aos pouquinhos. Coisa feia. Assim era o marido quando se dispunha a ler.

Os colegas de classe

Outra vez o tempo mostrou o bojo do espaço com nuvens amadurecidas de chuva. Mas só ameaça. Juvenal estava alegre. Ia para a escola. Pensou nos colegas. Cirineu Nakira, o japonês adiantado até dizer chega. Ele e o Nakira pareciam estar disputando o primeiro lugar na classe. Cirineu tinha uma letra bonita e era estudioso. O pai era grande lavourista e aquele nissei vivia só para estudar. Andava pelas lavouras, mas só passeando. Levava apetitosos lanches e dinheiro para a escola. Ia bem calçado e sempre com bons uniformes. Será quem iria passar em primeiro lugar para o quarto ano? Pensou no Leôncio, colocador de apelidos nos outros. Sujeitinho galhofeiro dos diabos. Tião-Preto, o brigão. Sempre era colocado de castigo no corredor para que o diretor o visse lá e o levasse para a diretoria. Ia sempre resmungando.

"Eu não fiz nada. Eu não fiz nada."

Zezão, grande como um elefante e que não aprendia a tabuada. Fazia os problemas falando alto e era sempre admoestado.

"Faça as contas só pra você, José Alípio." – dona Mariângela precisava dizer sempre.

E as meninas? A Cleonice era a mais bela. Selene era a mais adiantada. Falavam que ela iria passar em primeiro lugar. Sabia desenhar que era uma beleza. Tinha ficado sem ir à escola dois dias e parecia um longo período. Naquele tempo iam à escola no sábado também.

Ao sair de casa, foi atormentado pela preocupação das botinas velhas. Eram uns calhaus. Ali, calcanhadas, remendadas com tiras de couro cru. Leôncio tinha uns olhos malditos. Tudo enxergava e em todos colocava apelidos. Talvez fosse melhor ir à escola descalço.

Logo na frente encontraram os filhos do Pedro Sousa, o Tonico e o Vanildo. Moleques que não gostavam de estudar de jeito nenhum e às vezes combinavam os dois e ficavam escondidos no mato. Depois de algum tempo voltavam para casa e diziam que a professora não tinha ido. Estava doente.

– O seu pai não tirou você da escola, Juvenal? – Tonico perguntou, parando no meio do caminho.

– Tirou só esse fim de semana.

– Lá no grupo, todo mundo sabe que você saiu.

– Que saí o quê!

Caminhou com a fronte erguida como se quisesse vingar alguma coisa. Parece que os filhos do Pedro Sousa estavam querendo que ele saísse da escola...

As botinas velhas arranhando os pés. A camisa remendada. A calça azul um tanto desbotada. Havia belas meninas no grupo escolar de Aldeota. Era feio estar daquele jeito. Na certa elas olhariam para ele com desprezo. Cleonice era tão bela e andava tão bem-arrumada. Era a vidinha.

O grupo escolar, velho e roído pelo tempo, parecia um castelo onde morava o saber. Muitos meninos odiavam aquele prédio. Juvenal sentia uma fascinação que o emocionava.

– Uai, Juvenal, você não saiu da escola? – Donga, o menino meio amulatado, perguntou logo na chegada.

– Saí não.

– Falaram por aí que você tinha saído. Quem gostou foi o Cirineu. Agora ele podia passar em primeiro lugar sem fazer força.

Cirineu Nakira estava lá nos fundos com sua bolsa preta recheada de material. Coisas que ele nem usava. Alguns alunos tinham aquela mania: carregavam as bolsas de escola bem barrigudas. Aquilo era sinal de que gostavam de estudar e eram bons alunos. A bolsa gorda daquele jeito dava também um sentido de importância ao aluno. Era isso que pensavam. Cirineu caminhou batendo o joelho direito na bolsa.

– Voltou, Juvenal?

– Voltei.

E ficou espiando com uma expressão desconfiada. Donga, cujo verdadeiro nome era Domício, falou:

– Ele voltou pra passar em primeiro lugar, japonês.

– E eu com isso?

– Gostou não?

– Tô ligando lá com isso, Donga. Vai pentear macaco.

– Só se for com o seu pente.

Leôncio chegou pé por pé, de macio, e lascou uma "sardinha" no traseiro do Cirineu. A "sardinha" era uma lambada com o dedo indicador ou às vezes com o dedão pai de todos também.

– Ai, Leôncio, leão.

– Agora eu tirei uma casquinha que valeu. Olhe ali o Botina Velha! O Botina Velha voltou, turma. Olha só nos pés dele. Meu amigo Juvenal!

Juvenal se encolheu todo envergonhado. Botinas que pareciam ter sido catadas no lixo.

– Vai tomar banho na soda, Leôncio.

– Todo mundo conhece o Juvenal por Botina Velha aqui em Aldeota agora, turma. O pai dele compra botinas novas pra ele, mas ele só gosta das velhas. Só usa as novas pra pescar e pra jogar bola.

– Vai amolar macaco, juba de leão.

– Olhe ali o Zezão, turma, o Sabu. Dois vezes dois, Sabu? Vai falar que é três, quer ver só, pessoal? Hoje a dona Mariângela vai te tomar a tabuada do "1".

– Essa miséria já vem amolar a gente.

– O Bito-Bito tinha achado bom o Botina Velha sair da escola. Só pra passar em primeiro lugar.

– Pare de me chamar de Bito-Bito, Leôncio. Juba. Nunca te dei essa confiança. Me respeita como eu te respeito.

– Parece que o bode ficou nervosinho – gracejou o Donga.

– Fumaço, vem cá.

Tião-Preto olhou para o Leôncio e balançou a cabeça negativamente. Caminhou com seu embornal de alça longa.

– Vem cumprimentar o Botina Velha. Não correu boato que o pai dele tinha tirado ele da escola pra pôr na enxada?

– Foi.

– O "felumba" voltou. Com as botinas mais velhas ainda.

– Como vai, Botina Velha, tá bom?

– Vai encher outro, Tião-Preto.

Lá perto da bomba do poço Juvenal viu Cleonice com o seu cabelo amarrado em rabo de égua. A saia azul bem passada. A blusa branca limpinha. Fita azul. Sapatos pretos. Meias brancas. Risonha. Agora sim é que deu vontade de esconder aqueles calhaus de botinas. Devia estar feio, muito feio mesmo naqueles trajes. As botinas sujas de barro; as canelas também. Um remendo na camisa. E o Leôncio ali azucrinando mais que pernilongo tocando serenata em orelha de dorminhoco sonolento.

A volta do Botina Velha

O sinal chamou: delém-delém-delém. Era o primeiro sinal. Todo mundo devia se aprontar. Houve aquela agitação normal. Cleonice correu com o cabelo voando. E logo o outro sinal chamou os alunos para a formação das filas.

Dona Mariângela apareceu. Procurou o Juvenal. Ele estava na fila com um rosto triste. Não olhou para os pés dele. Olhou para o embornal feito de pano de saco de açúcar.

– O Botina Velha voltou, dona Mariângela – Leôncio disse, os alunos já sentados na classe.

– Que Botina Velha, Leôncio?!

– O Juvenal, dona Mariângela. Puseram esse apelido nele.

– Puseram não, você é que deve ter colocado. E pare de chamar o menino desse apelido. O Juvenal é um trabalhador. Sai daqui e vai trabalhar o resto do dia na roça. Nem tem tempo de estudar direito e é muito mais adiantado que você, que fica batendo pernas pelas ruas o dia inteiro e parece até que vai repetir.

– Eu tô estudando pra valer, dona Mariângela.

– Eu sei disso.

Juvenal sentia vergonha dos pés. Devia mesmo jogar aquelas botinas velhas no mato e andar descalço até o pai comprar um outro par. Cleonice olhou para atrás. Os olhos dela caíram no filho de Climério, que virou o rosto. Toninho, o filho do barbeiro que tinha uma barbearia na rodoviária, chegou atrasado.

– Dá licença, dona Mariângela?

– Entre.

– Chegou o João-Gibi – Leôncio falou com sua cara cínica.

A professora lançou um olhar de censura. Leôncio falou com um sorriso debochado:

– É que ele só vive com gibi nas mãos, dona Mariângela.

– Não perguntei nada. E você cale a boca, se não vai para o corredor.

– Não vou falar mais nada.

Toninho foi sentar ao lado do Juvenal. Lá era o seu lugar. Naquele tempo sentavam dois alunos em cada carteira. Havia quatro fileiras. Duas de meninas e duas de meninos. Às vezes misturavam.

– Todo mundo copiando os problemas, sem conversa.

O início da aula era quase sempre daquele jeito. Dona Mariângela passava quatro problemas de aritmética no quadro-negro e os alunos copiavam. Depois deviam fazer as contas em silêncio. Ninguém devia ajudar ninguém, mas normalmente se comunicavam.

– Eu trouxe *O Pavão Misterioso*, Toninho. Vou te devolver.

– Eu tenho um aqui muito bonito. Olhe. *Os martírios de Genoveva.* Você nunca vai esquecer.

– Martírio? O que quer dizer isso?

– Eu não sei bem não. Eu só sei que ela sofre pra caramba. Vou perguntar a dona Mariângela. – Sussurravam. Falou alto o Toninho: – Dona Mariângela?

– O quê? – Certamente a professora esperava que o aluno perguntasse sobre alguma coisa escrita no quadro-negro.

– O que quer dizer *martírio*?

– Onde você viu isso?

– Num livro que eu li.

– Deve ser nalgum gibi – Leôncio se intrometeu.

– Quer dizer sofrimento. Muito sofrimento.

– Obrigado.

– Mais um palpite engraçadinho e você vai para o corredor, Leôncio. Vou aproveitar que o senhor Evaristo está muito bravo hoje.

– Não, dona Mariângela. Vou ficar quietinho – e passou a mão direita sobre os lábios como se trancasse a boca.

Trabalhavam com os números, em silêncio. Zezão deveria estar enrolado com a dificuldade natural da tabuada. Contava nos dedos, suava. E o seu raciocínio para a resolução dos problemas era pobre também. Passou um papelzinho para o Juvenal pedindo a confirmação do resultado do primeiro problema. O papelzinho voltou com a seguinte informação:

Está errado. Dá 40 km.

Zezão sussurrou um obrigado e se pôs a labutar. Lá fora começou a chover. O tempo ficou escuro. Ainda não havia luz elétrica em Aldeota. Estavam instalando a eletricidade ali. As janelas foram fechadas porque o vento jogava gotas de chuva na classe.

– Vamos esperar um pouco. Acho que o vento passa logo.

Começou aquele zum-zum. Um trovão roncou. Leôncio chamou num sussurro de vento forte:

– Botina Velha, quanto deu o primeiro problema?

– Deu a mão na sua cara.

Um relâmpago mandou um estalo seco.

– Nossa! – disseram num espanto.

Leôncio tornou a azucrinar:

– Foi o murro do Botina Velha.

Toninho completou:

– Na sua cara.

– Na minha não, que ele não é doido.

– O barulho está demais – Mariângela ralhou.

– Ainda bem que estão instalando a eletricidade em Aldeota, né, dona Mariângela? Ninguém vai ter problema de ficar no escuro – Leôncio falou. No mesmo instante levantou-se e deu um tapa de leve na orelha direita do Zezão.

– Um cachorro pôs a pata aqui na minha orelha.

O Botina Velha descalço

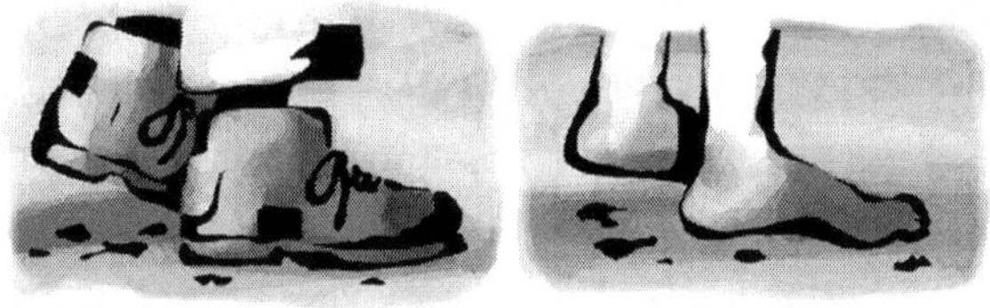

Estava um dia chato. Enxurradas corriam pelas ruas esburacadas de Aldeota. No recreio os alunos não puderam sair do barracão. Juvenal procurou ficar atrás de uma pilastra para esconder as botinas. Cleonice brincava de roda com outras colegas na parte reservada para as meninas. Juvenal viu meninos comendo lanche. Naquele dia ele e os irmãos não tinham levado nada para a escola. Nem um dinheirinho para comprar pão na padaria do Gordo.

Cirineu Nakira estava ali perto comendo um pão com bife. Nem era bom ficar olhando o colega comer fartamente daquele jeito. A fome aumentava. Um dia chuvoso que aumentava o apetite.

●

Quando o sinal bateu para a saída daquele dia, estava caindo uma daquelas chuvinhas garoadas que ficam esfarinhando o tempo todo e molhando bobo.

– Botina Velha.

Juvenal olhou sentindo revolta. Leôncio estava lá com aquela cara lambida.

– Cuidado que suas botinas vão ficar atoladas no barro.

Tremeu de raiva. Cleonice estava lá perto daquele peste.

– Quem é o Botina Velha, Leôncio? – Juvenal ouviu a pergunta dela.

– Não sabia não? É o Juvenal. Olha nos pés dele.

Juvenal não queria ter pés naquele momento.

– Uma hora eu te quebro a cara, Leôncio.

E foi caminhando sem olhar para trás. O rosto em labaredas. Cleonice devia estar olhando para seus pés. Ela era tão bela!

– Vamos, meninos. – Juvenal chamou o irmão e as irmãs com voz nervosa.

Lá na esquina, Leôncio tornou a gritar:

– Botina Velha, Botina Velha, vai com Deus.

Não olhou para trás. Virou depressa na primeira esquina, piscando e doido de raiva, as botinas velhas, enlameadas, quase saindo dos pés. O pai não estava tendo dinheiro para lhe comprar botinas novas ou não estava se importando, mas deixar de ir à escola por causa daquilo, não iria.

A chuvinha começou a ficar mais impertinente. Quando saíam de Aldeota, perceberam que iriam se molhar mesmo. Alguns colegas procuraram se abrigar na vendinha suja da Maria Vendeira, mas Juvenal disse:

– Eu vou embora. Tô morto de fome.

Elisa, Maura e Alceu seguiram o irmão. O córrego estava cheio. Num trecho de lama bem mole, a botina direita do Juvenal ficou atolada. O menino deu um pulo para a frente e lembrou-se do Leôncio. Maldita boca. Aquilo parecia ter sido praga até. Ficou olhando com revolta. Tirou a botina esquerda e jogou no córrego cheio.

– Jogou fora, Juvenal?! – Elisa falou alto.

– Prefiro andar descalço.

Enfiou a mão no barro, pegou a outra botina e jogou no córrego também. Naquele momento, sentiu um pouco de pena de si mesmo. Trabalhava tanto e estava descalço.

– Vai descalço amanhã, Ju? – Maura perguntou.

– Vou.

•

Vovô Amaro estava em casa. Os irmãos mais velhos também. O pai não estava. Juvenal chegou com o embornal de cadernos enrolado na camisa. O material não podia estragar. Eram umas coisas muito simples, mas queria bem àquele materialzinho. O cabelo todo molhado. Tremendo de frio. Os lábios roxos. O tronco nu. Os pés e as canelas enlameados.

– Molharam, meninos! Hei, doutor Juva, cadê as botinas?

– Joguei fora, vô.

– Seu pai precisa comprar umas novas.

– Vão tirar essa roupa logo, meninos – a mãe disse.

– Hoje deu pra trabalhar não. Virou um lameiro. Eu tô só esperando estiar um pouco pra buscar o meu cavalo. Lerdeei e não fui ontem. Vamos lá comigo, Juvenal?

– Vamos.

– O tal do Leôncio pôs apelido nele de Botina Velha, vô – Maura disse.

– Ah, o tal moleque enjoado. Logo ele vai ganhar umas novas.

Juvenal percebeu cheiro de cachaça no bafo do avô. Ele devia estar bebericando uns golinhos daquela garrafa.

– Trouxe um livrinho daquelas histórias bonitas não, doutor Juva?

– Trouxe. Até enrolei a camisa na capanga pra não molhar.

Quando o pai chegou, já estavam acabando de almoçar. Juvenal ouviu quando o avô disse ao pai:

– As botinas do Juvenal ficaram atoladas no barro, Climério. Ele precisa de umas novas.

– Depois. Muito menino vai pra escola descalço... Peguei mais uma empreita. Um arroz pra gente capinar.

Climério gostava de trabalhar naquele sistema de empreitada. Assim, podia levar todo mundo para a roça. Quando os meninos chegavam da escola, já podiam ir para o eito. Trabalhar por dia não encaixava bem, pois até o começo da tarde não poderia usar os meninos que estavam na escola.

Pelas quatro horas vovô Amaro e Juvenal saíram. Foram buscar o tal cavalo velho. Beiraram o córrego para baixo, num papo alegre. O menino percebia que o avô tinha bebido, pois sempre ficava tagarela daquele jeito quando bebia.

– É um cavalo velho mas tá bom, Juva. Dá até pra você ir na escola nele, se quiser.

– Sei.

É, o avô tinha bebido um pouquinho mesmo. Escorregou e foi de bumbum no chão.

– Diacho!

– O senhor bebeu aquela pinga, vô?

– Um pouquinho...

– Só um pouquinho?

– Quer dizer, o resto. Mas a garrafa não tava cheia, não.

– Mas parece que tava!

– Quase... Mas não bebi de uma vez, não. Esse tempo chuvoso... É bom pra esquentar.

•

Era um cavalo branco, crinudo, velho. Juvenal jogou a corda no pescoço do animal, que não fugiu.

– O nome dele é Pombinho, Juva. Será que é bom mudar de nome?

– Acho que não.

– Então vamos deixar esse mesmo. Esse cavalo é meu e seu. Pode cuidar dele. Monta no pêlo.

Juvenal montou. Vovô Amaro escorregou no capim molhado e levou outro tombo.

– Tem baba nesse capim?!

Juvenal olhou com um rosto sério. O avô caminhou com dificuldade, prometendo que ia comprar um par de botinas para o neto. Aquele menino era o seu neto preferido.

Ao sair do pasto e entrar na estrada, vovô Amaro levou outro tombo.

– Raio da peste!

O neto viu a calça do avô toda suja de barro.

– Quer ir no cavalo, vô?

– Aí é que eu vou cair direito. Se eu não tomar cuidado, vou ficar caído nessa estrada. Mas que eu vou comprar um par de botinas pra você, eu vou mesmo, Juva. Que cor você quer?

– Preta mesmo.

– Marrom eu gosto mais.

– Mas pode ser marrom também.

– Certo. Entendi o jeito do seu pai por causa do seu estudo. Estude, sim, Juva. Siga em frente. Mesmo se eu morrer e não puder ajudar você, não pare de estudar não, Juva. Você gosta. Quando completar dezoito anos, vá embora pra São Paulo. Lá, você pode até passar fome, mas, se estudar, vai ser mais gente. Eu sou analfabeto, mas sei disso. Seu pai é meio analfabeto também, mas não vê isso não. Esse cavalo é de nós dois. Eu gosto demais de ver você lendo. Parece um "adevogado".

Leôncio, o Boca Maldita

Amanheceu um dia de céu chumbado, carrancudo. A mãe rebentou pipoca e os filhos comeram.

– Levem pra comer na escola também, meninos.

Teriam pipoca no recreio naquele dia. Juvenal puxou os irmãos para a escola. Descalço. Lembrou-se do Leôncio. Agora estava livre das botinas velhas. Era um consolo e um desconsolo. Descalço não era bonito, mas com aquelas botinas velhas era muito mais feio. Chamava mais a atenção dos colegas, principalmente daquela boca maldita que só vivia pondo apelido nos outros. Sentiu que estava muito grande para andar descalço. Percebia certas situações constrangedoras da vida. Ficava envergonhado. Queria fugir.

Chegou à escola e procurou se esconder. Ficou atrás da caixa que cobria o poço onde havia a bomba-d'água. Donga chegou usando um par de sapatos pretos. O Donga era pobre, moleque da saída de Aldeota. Como podia estar usando um par de sapatos novos e meias pretas?! Ele, o Juvenal estudioso, nunca tinha usado um par de sapatos. Só botinões toscos, e dava graças a Deus quando estavam novos.

Mas o Tião-Preto chegou com os pés no chão, todo despreocupado. Cirineu apareceu usando sapatos marrons. Zezão com alpargatas feitas de corda, que por ali o pessoal chamava de "pés de cachorro".

– Botina Velha.

Leôncio acabava de surgir das bandas do barracão, caminhando para o lado da bomba d'água, usando umas botinas marrons, tipo refinado. Será que eram de pelica ou de um couro especial?

– Lá vem a peste – Militino falou.

E o galhofeiro gozador foi chegando com os olhos arregalados.

– Como vai o meu amigo Botina Velha? Deixe eu apertar a mão dele.

Estendeu a mão para o Juvenal. O descalço não tirou a mão direita de dentro do embornal.

– Como vai, Juvenal?

– Ele falou que vai te pegar, Leôncio – Donga disse.

– Ele é meu amigo. Ah, veio descalço! Jogou as botinas velhas no mato?

– Vai encher o saco do cão, Leôncio.

– Juvenal, eu sou seu amigo. Quero até combinar uma caçada de inhambu com você lá perto da sua casa.

– Ah, eu quero lá saber disso?

Mais e mais meninos foram chegando. Juvenal viu Cleonice no barracão. Será que ela iria lançar um olhar de desprezo para os seus pés?

Na fila, observou Cleonice olhando para os seus pés. Encolheu-se. Sofreu um sentimento de desilusão na alma. Professora Mariângela também observou os seus pés. A vida tinha daquelas traições. Daqueles percalços. A recompensa daquele dia foi uma bela composição que escreveu à vista de uma gravura.

Voltando para casa, sofreu outra decepção. Estava com fome, por isso entrou num terreno de cana-cavalo (aquela caninha fina e dura, própria para animal), apanhou uma e saiu na estrada. O dono estava logo ali na frente. Ralhou com ele:

– Não quero que morto de fome entre no meu canavial pra roubar cana não, ouviu, filho do Climério?

– Sei.

– Minha cana é pra tratar de cavalo.

E aquele homem nem tinha cavalo naqueles dias. Juvenal sabia que o homem estava ridicando porque ele pertencia a uma família pobre. O filho do dono da fazendinha onde eles moravam podia entrar naquele canavial e cortar as canas que quisesse. O dono do canavial oferecia mais e até ajudava a cortar.

Em casa tinha de almoçar rapidamente e correr para a roça. Lá, uma enxada amolada esperava por ele.

– Seu pai falou que não é pra demorar, Juvenal. É pra comer e sair.

Saiu com a barriga cheia. Pelo menos tinha matado a fome. Agora reinava um mormaço de tempo de chuva. O pai olhou com uns olhos severos.

– Por que demorou tanto assim, Juvenal?

– Vim depressa.

– Você já tem a regalia de estudar... Tem de dar o sangue aqui na empreita. Tô pegando uma roça à meia pra nós. Vamos ter de trabalhar no domingo pra tocar a nossa roça. Durante a semana vai ser na empreita.

Ih, será que não iria sobrar nem o domingo para ele estudar seus pontos de História e Geografia? Seus problemas de aritmética? E sobretudo ler seus livrinhos de literatura de cordel? A situação estava cada vez mais apertada. Vovô Amaro não estava ali naquele eito. Tinha pego uma empreita para ele e estava noutra roça. Climério não dizia nada, embora quisesse que o velho trabalhasse para ele também, pois vivia na sua casa. Aquele velho beberrão!

Num desvio da atenção, a enxada deslizou e cortou o dedo menor do pé direito.

– Ai, cadela!

– Isso é preguiça, Juvenal – Maurilo falou num tom de deboche.

– É mesmo – João Carlos complementou. – Quando a gente tá com preguiça, a enxada dá um bote pra alertar.

Olhou o sangue minando, misturando com a terra úmida. Agachou. O pai olhou de longe, censurando.

– Vocês têm botinas. Eu não.

– Jogou no córrego querendo novas. Botinas boas.

– Boas porque não eram suas, João Carlos.

– Agora vai querer ficar em casa por causa desse cortezinho?

– Não tô falando isso.

A terra cobriu o corte. O sangue parou de correr. E depois vieram as formiguinhas lava-pés com as bundinhas empinadas, furiosas e ferroaram os pés descalços do menino.

– Essa desgraçada ferroou no meu cortado!

– Esse veneninho aí é remédio, Juvenal.

Formiguinhas valentes. Juvenal trabalhou com as mãos esfregando os pés. Pensou na Cleonice. Pensou numa outra vida.

"Quando eu ficar homem, vou estudar."

O sol estava entrando quando o pai falou daquele seu jeito:

– Vam'bora, meninos.

Caminhou para a estrada com os pés sujos de terra. O dedinho dolorido. Ficou para trás olhando para o verde dos matos, das roças. Gostava de ficar sozinho, imaginando as coisas que existiam além do horizonte, longe dali. Mais um livrinho de literatura de cordel para ler. Onde estava o tempo? E a implicância do pai contra aqueles livrinhos?

Nos matos perto, os inhambus já trilavam. Caminhou para o poço do córrego e tomou banho. Examinou o corte. Não tinha sido muito fundo. Coisa à toa para quem estava acostumado a ver sarar aqueles cortes ao deus-dará, sujos de terra às vezes.

Escurecia. Ele ia chegando. Ouviu um espirro. Era do vovô Amaro. Conhecia de longe. O velho devia estar com o nariz cheio de rapé. E estava sim. Sentado no terreiro, sem camisa, os cabelos do peito todos brancos, os braços magros, o pescoço comprido.

– Deus te abençoe, doutor Juva.

– Bênção.

Não estava gostando que o avô o tratasse daquele jeito. Sentia que o pai implicava.

– Como é que foi na escola hoje?

– Bem...

– Mesmo descalço?

– O que qui tem?

– É mesmo. Tem nada não. O importante é estudar.

O pai jogava milho para um porco que estava engordando. Cantarolou por lá. Assobiou. Depois caminhou para o terreiro da sala.

– Tô pegando uma roça de arroz à meia com o Pedro Sousa, seu Amaro. Esse negócio de ficar trabalhando só de empreita e por dia pra esse povo não dá, não.

– Dá mesmo não. Eu tô fazendo a mesma coisa com o Aracelo. Vou ver a rocinha amanhã ou depois.

Climério não achou bom. O sogro devia trabalhar na sua roça. Não vivia ali? Trabalhava só de vez em quando. Ora, se tinha a sua vida própria, os seus negócios, que fosse viver sozinho. Sentia isso, mas não dizia. Era feio mandar o pai da esposa deixar sua casa.

Juvenal pegou uma lamparina e foi ler no quarto. Lá fora escurecia calmamente. Vovô Amaro espirrava de vez em quando. Enquanto conversavam, o menino podia ler. Quando entravam, o pai pedia a lamparina. Havia só duas lamparinas na casa e o querosene estava caro.

As goiabas

Antes que o sol espiasse com seus olhos de fogo, Juvenal já estava pronto para sair. A escola era um lugar de conforto, um templo. Lá ele mergulhava em novas descobertas. Gostava é que a professora explicasse coisas novas. Cada explicação representava um alimento para a sua curiosidade.

– Vou ver se naquelas goiabeiras lá em cima eu acho goiaba.

Disse e subiu beirando o córrego. Alceu o acompanhou. Foi um lance de sorte. Havia grandes goiabas vermelhas e brancas.

– Vamos levar pra vender, Alceu!

– Tá assim de goiaba, Juvenal!

Juvenal levou umas quinze no embornal. Para o Toninho, ele queria dar umas duas. Para os outros colegas, ia vender.

– Quer comprar goiaba, Militino?

– Isso aí lá em casa engorda até porco. O Cirineu compra.

Cirineu vinha com sua pasta recheada.

– Quer comprar goiaba, Cirineu? – Militino falou.

– Quem tá vendendo?

– O Juvenal.

– Cadê?

– Aqui. Cada brutela que só vendo!

– Puxa! Vermelha?

– É. Bem sadia.

– Vou querer umas três.

Lá debaixo da amoreira, num dos cantos do extenso pátio, o boca maldita gritou:

– Botina Velha.

Juvenal tentou não se importar. E o implicante veio caminhando com um assobiozinho gozador. Cara de deboche que nem broa desmanchando. O Donga falou:

– O Botina Velha tá vendendo goiaba. Cada baita e bonita de dar água na boca.

– Eu compro.

Leôncio sempre andava com dinheiro. Era fácil pegar no armazém do pai.

– Quanto é cada uma, Juvenal?

– Pra você eu não quero vender.

– Eu pago bem e na hora, Juvenal! Pago mais que todo mundo.

– Três por cinco.

– Ah, uma entrada de cinema?

– É, e se quiser. Pra você eu não quero vender.

– Tá aqui o cincão. Me dá aí as três. Eu tenho direito de escolher.

Era um negócio colosso. Pegou o dinheiro mais que depressa. Leôncio pegou as goiabas e falou alto:

– Você arrancou o meu couro, Botina Velha.

– Botina Velha sua avó, Juba de Leão.

– Minha avó, não. Ela só usa chinela. Paguei um preço muito caro por três goiabas, Juvenal. Agora eu posso chamar você de Botina Velha. Posso ou não posso, turma?

– Pode – Donga falou.

– Posso, Bito-Bito?

– Ah, sei lá.

– Sabe sim, japonês do "zói" rasgado.

Juvenal reservou a goiaba mais bonita para a Cleonice. Deixou no fundo do embornal. Durante a aula, namorou a menina sem que ela observasse, pensando na goiaba. Quando houvesse um jeitinho, iria dar aquele presente à bela. Era tímido. Tremia só de pensar em conversar com ela. Quando desse a goiaba, iria tocar na mão da menina. Não disse nada a ninguém. Ficou esperando um momento próprio.

No recreio viu o Leôncio puxando o cabelo dela. Leôncio era um sujeitinho terrível. Como podia ser daquele jeito?

– Solta o meu cabelo.

– Tá com ciúme desse rabo de égua?

– Tô sim.

Juvenal esperou, esperou. Estava na hora do toque da sineta para o fim da aula e ele ainda receoso. A sineta tocou e o menino caminhou para a professora.

– Uma goiaba pra senhora, dona Mariângela.

– Oh, Juvenal, que linda! Muito obrigada.

Observou que a Cleonice estava olhando. Foi se embora sem dizer nada. Talvez no dia seguinte ele desse uma goiaba à menina.

Suor e chuva

Na roça arada o serviço era mais fácil que na roça de toco, onde tinha nascido e crescido até no ano anterior, quando tinham mudado ali para perto de Aldeota. Nas lavouras mecanizadas da região havia serviço até dizer chega. E o pai queria aproveitar todo mundo.

A enxada comia os matos tenros. O arroz crescia verdinho. O pai estava sempre ralhando:

– O serviço não tá rendendo, meninos. Sábado a gente vai tirar pra trabalhar a nossa roça.

– Pegou mesmo a roça à meia, pai?

– Peguei. É lá no sítio do Pedro Sousa.

Na sexta-feira à noite o pai disse:

– Amanhã você não vai na sua escola, não, Juvenal. Vai pra nossa roça. Faltar um dia de vez em quando não faz mal.

Naquele tempo tinham aula no sábado também. Juvenal envolveu o mundo da escola com o pensamento. Um dia só não atrapalhava o seu rendimento. Achava que não. E no domingo, será que o pai iria querer levar os filhos para a roça também? Naquele domingo ele tinha um jogo de futebol. Eram os meninos ali daquela beira de córrego contra um time de Aldeota. Os meninos de Aldeota iriam jogar num campinho, numa vargem beirando o córrego. Haveria de ser um bom divertimento.

Pulou da cama descalço. O caminho da escola estava proibido naquele dia. A mãe já fazia um chá de alfavaca. Vovô Amaro fumava seu cigarro de palha. O pai já tinha saído para os currais do fazendeirinho, reclamando, dizendo que iria comprar uma casinha na beira de Aldeota e iriam mudar para lá. Maldito era aquele negócio de ter de ajudar nos currais do proprietário daquela fazendinha. Ele perdia muito tempo. Mas tinha mudado para ali com aquele trato. Negócio era negócio.

– Vai encher a moringa d'água, Juvenal – Maurilo falou.

Parece que havia no timbre daquela voz um tom de deboche. Uma satisfação maldosa porque o irmão estava proibido de ir à escola naquele dia.

– Vai pra escola hoje não, doutor Juva?

– O papai não deixou.

– Um dia só não tem importância, né?

– Um pouco.

– Hoje eu vou trabalhar na roça do seu pai – disse o avô. – Vou ajudar. O mato tá afogando o arroz. A minha rocinha tá menos necessitada. Quer ir no cinema hoje não?

– Sempre quero, vô.

– Quiser ir, a gente vai no Pombinho. Comprei um arreio velho. Pagar a entrada pro cinema, eu pago mesmo.

– Pode ser. Quero estudar um pouco de noite.

– Isso é que vale a pena.

Trabalhou pensando na escola: as duas amoreiras do pátio, a gritaria dos alunos, a correria. Cleonice e sua beleza: aquele cabelo. Sábado era um dia em que a dona Mariângela gostava de dar descrição à vista de uma gravura ou uma narração. Naquele dia ele não estava lá para escrever o trabalho de linguagem e ser chamado de escritor. Balançou a cabeça negativamente.

– O Juvenal tá caducando e conversando sozinho ali, Maurilo – João Carlos falou.

– Ele tá mais velho que o vovô.

A gozação dos irmãos fazia o menino voltar à realidade. Ele tinha estado passeando na classe num voo do espírito. Nem queria conversa. Queria desfrutar a fantasia daquele momento de estar pensando longe.

– Esse capim-colchão é um inferno – vovô Amaro reclamou ali perto. – O trem alastra que é uma praga.

– E deixa o arroz raquítico e amarelinho – Climério falou. – Se a gente não limpar logo, não dá arroz nenhum.

– E com esse tempo chuvoso, essa praga não morre.

Vovô Amaro, o pai e os irmãos conversaram animadamente por um bom pedaço de tempo. Juvenal às vezes tinha de ouvir, mas quase não estava participando. Ficava imaginando coisas. O pai julgava que ele estava enfezado por não ter ido à escola naquele dia. Até certo ponto, sim. Pelas quatro horas o pai falou:

– Vam'bora. Amanhã a gente vem dar mais um galope aqui de manhã. Pelo menos até na hora do almoço.

Juvenal balançou a cabeça novamente. Preferia continuar trabalhando até escurecer e não ter de ir no dia seguinte. Era domingo! Seu jogo de futebol já tinha ido para o desapontamento. João Carlos também iria jogar. Maurilo não. E então pilheriou:

– Amanhã vocês vão jogar futebol aqui no eito do arroz, moleques.

Juvenal rangeu os dentes. João Carlos olhou para o pai. O pai olhou para o Juvenal, que olhou para o avô.

– Os meninos tinham um jogo de futebol amanhã cedo, Climério – vovô Amaro falou como se quisesse mudar a decisão do genro.

– Que nada, jogo de futebol não enche barriga. A gente precisa capinar pelo menos este trecho aqui beirando o córrego.

É, o jogo tinha ficado mesmo só no ensaio do divertimento. Juvenal caminhou depressa para casa. Correu nos trechos de descida. Passou pela casa do Pedro Sousa. Chamou o Tonico e disse:

– Eu e o João Carlos não vamos poder jogar amanhã não, Tonico.

– Mas vocês são do time! Por que não?

– Vamos limpar arroz.

– Mas amanhã é domingo!?

– Mas o papai vai levar a gente pra roça de manhã.

– Esse seu pai é uma onça.

Naquele fim de tarde Juvenal estava sem graça. Pegou um livrinho de literatura de cordel e foi para a beira do córrego, depois de dizer ao avô que não iria para Aldeota. Parecia feio demais ir ao cinema descalço. Ele estava muito grande. Outra vez o avô prometeu que iria comprar um par de botinas para ele...

Sentou-se numa pedra beirando o córrego. Estava tão cansado que parecia sentir uma espécie de ausência das pernas. Os braços esmolambados e aquele sentimento de revolta por estar descalço. Sentia vergonha. O pai estava, sim, ganhando algum dinheiro naquelas empreitas de roça... Um par de botinas podia comprar, sim.

Um beija-flor chegou vibrando as asas. Enfiou o bico no cálice de uma flor e chupou o líquido perfumado e doce. Juvenal esqueceu-se por algum tempo na contemplação da avezinha. Estava ali pra ler seu livrinho, mas sem entusiasmo. Se tomasse banho primeiro, poderia ficar mais alerta. Entretanto começou a ler em voz alta. Queria ouvir sua própria voz. Queria que os matos ouvissem. Que o córrego, as aves e as borboletas ouvissem. Não queria ser ouvido por pessoa nenhuma. Achava que não.

E naquele envolvimento foi esquecendo o cansaço. Mergulhava no mundo mágico da história. Foi abaixando a voz à medida que a história foi envolvendo-o mais e mais. Parece que diminuía o som da voz para que o pensamento voasse mais e mais. Quando a voz passou a ser um sussurro, uma voz falou alto ali do lado.

– Não tô escutando nada agora, doutor Juva.

Juvenal olhou para o avô com um sorriso melancólico. Deixou o livrinho cair.

– Se você não ler pra mim, não te dou este presente.

– Que presente?!

– Tem de tomar banho e lavar bem os pés pra calçar...

– Então é um par de botinas?

– Comprei ontem, mas deixei pra dar hoje, que é sábado e dia de ir no cinema.

– Vou tomar banho. Já tá escurecendo.

– E vai pro cinema?

– O senhor paga a entrada, né, vovô?

– É claro que pago.

Tomou banho e calçou as botinas marrons. Ficou orgulhoso do avô. Velhinho bom estava ali.

– Agora o tal de Leôncio não vai mais te chamar de Botina Velha, Juva. Vai ficar desapontado.

– É sim.

Domingo e roça

Aquela noite perdeu a melancolia que tinha ensaiado despejar sobre ele. Foi ao cinema. Vibrou com o tiroteio. Leôncio gritou na porta do cinema quando ele já ia no escuro.

– A onça vai te pegar, Botina Velha.

Não olhou para trás. Vovô Amaro estava no barzinho sujo da Maria Vendeira. O cavalo dormindo de pé.

– Vamos, vô?

– Vamos.

O avô não estava conseguindo se equilibrar nas próprias pernas. Tentou montar no cavalo. Estava difícil.

– O senhor bebeu muito, vô?

– Só um pouquinho. Isso é a idade. Tá escuro também. Gostou do cinema?

– Gostei. Vamos encostar o cavalo ali naquele barranco, vô.

– Tá escuro...

– Lá dá pra montar.

O menino puxou o cavalo. O avô cambaleou, mas foi.

– Aí, pode montar, vô.

– Vamos fazer o seguinte, Juvenal. Você vai no arreio e eu na garupa. Aí eu seguro na sua cintura.

– Então tá.

O menino montou e encostou o cavalo. O avô tentou montar e se desequilibrou no barranco. Caiu se agarrando nas pernas do animal.

– Quieto, Pombinho. Ele andou, Juvenal?

– Andou não.

– Pensei. Ainda bem que ele é mansinho. Se fosse "brabo", tinha me dado um coice. Tô com a cabeça girando um pouco. Quase que era melhor eu ir a pé. Parece que a Maria Vendeira pôs veneno nessa pinga...

Com muito custo montou e grudou na cintura do neto. O menino sentiu aquele bafo de pinga. Tocou o cavalo devagar.

– É devagar mesmo, Juva.

O menino sentia os braços do avô ora puxando para um lado, ora para o outro.

– Pende assim não, vô.

– Tô firme.

O rosto do velho bateu no ombro direito do menino.

– O filme foi de índio, vô. Cada índio vermelho feroz que tinha até chifre.

O menino conversava tentando manter o velho firme. Mas na passagem do córrego o cavalo escorregou e o avô puxou o neto para o chão.

– A gente tá caindo, vô!

Bateram os dois no chão de uma vez; num terreno lamacento.

– Miséria.

O velho xingou, já preguento de barro. Juvenal levantou-se com as mãos enlameadas. A roupa e as botinas também.

– Eu acabo de chegar a pé agora. Quero cavalo mais não. Esse bicho é danado pra escorregar.

Juvenal montou e tocou o cavalo no passo lento. O avô acompanhou falando muito.

•

Domingo mais sem graça foi aquele. Pular da cama com espírito esportivo e ir para a roça era o mesmo que chutar uma bola de meia cheia de pedras, descalço.

– Os jogadores João Carlos e Juvenal vão jogar pro Corinthians hoje, vovô Amaro – Maurilo debochou.

– Isso é danado de ruim.

Antes de sair para a roça, Juvenal tirou o barro das botinas, passou água e guardou. Que botar aquelas botinas novas na roça, que nada. Aquilo era material de luxo pra ir à escola. Que espinhos entrassem nos pés, que a unha do dedão pulasse fora nalgum tropeção, mas as botinas só deviam andar para o caminho da escola. Ou quando fosse a Aldeota.

O sol levantou seu fogo ardido e o suor escorreu. Lá no campo os meninos se divertiam jogando futebol. Juvenal mostrava um rosto emburrado. Não queria conversa. O pai ali perto trabalhando com entusiasmo, arrastando os filhos. Vovô Amaro tinha ficado prostrado em casa.

– Seu avô bebeu muito ontem, Juvenal?

– Parece que sim.

– Podia ter vindo, pro serviço render um pouco mais, mas a pinga não deixa. Não tá valendo uma pulga.

Juvenal não queria papo. Mais feliz era o avô, que podia fazer o que queria. Era bom ser adulto, ser dono da vida, do mundo. Era bom demais poder fazer o que bem quisesse. O sol do domingo parecia arder mais nas costas. O suor era uma salmoura. A enxada pesava mais. A fome vinha mais cedo. Em casa a mãe ia matar um frango.

– Parece que tão com preguiça, meninos! Vamos ver! Vamos ver!

Depois desse alerta do pai, só o barulho das enxadas: rec-rec-rec. Havia no céu um azul diferente. Era a cor do domingo. Uma cor de esporte, de passeios. Até os marimbondos e as abelhinhas sugadoras de suor pareciam estar descansando. As borboletas voavam com mais folgança. Algumas pessoas passavam na estrada ali perto. Aracelo passou num cavalo para Aldeota. Parou e disse:

– Você tá com vontade mesmo, Climério! Até no domingo?

– Trabalhar não é pecado. Pecado é ficar por aí falando mal da vida dos outros.

– Isso é verdade.

Mas Juvenal sentia o peso da preguiça do domingo. Era uma preguiça diferente. Causava revolta. Dava desânimo.

– Vam'bora, meninos.

Era quase meio-dia. O jogo de futebol já tinha terminado. A fome já violentava o estômago. O cansaço era maior que nos outros dias.

A narração

Juvenal apanhou goiabas, frutas de jenipapo e coquinhos de macaúba pra vender aos colegas de escola. Precisava realizar alguns negócios e conseguir uma graninha. Mas o que mais o confortava naquele dia eram as botinas novas. Leôncio não iria ter o prazer de chamá-lo daquele apelido.

– Quer comprar coquinho de macaúba, Valdomiro? Cheiroso e docinho que dá água na boca.

– Eu quero ver.

Quando vendia dois coquinhos ao menino, ouviu:

– Cadê as goiabas, Botina Velha?

– Já vem o Juba – Zezão falou. – O apelido dele é Juba, pessoal.

– Quero comprar goiaba. Mas não vou pagar caro daquele jeito não.

– Olha as botinas do Juvenal, Leôncio.

– Ah! – E passou a sola do sapato na botina direita do colega.

– Te batizo em nome do burro, do cavalo e da égua.

– Vai tomar banho na soda, Juba.

– Eu só batizei, Botina Velha. Tá vendendo o quê?

– Não é da sua conta.

– Cada coco docinho que só vendo. Cheira aqui, Juba.

– Puxa! Quanto é cada um, meu amigo Juvenal?

– Não vou vender pra você não.

– Pago bem. A nota tá aqui – exibiu o dinheiro.

Donga falou:

– Ele é sócio do pai dele. Mas só pra enfiar a mão na gaveta.

– Eu trabalho naquele armazém vendendo as coisas, Donga. Quero saber o preço do coquinho. Hem, escritor?

Juvenal acabou vendendo coquinho, jenipapo e goiaba para aquele boca debochada.

•

Naquela semana, Juvenal escreveu uma narração bonita. Foi à vista de uma gravura que mostrava um menino de pé na frente de um cachorro sentado. O menino usou a imaginação e contou a história de um cachorro que aprendeu a obedecer ao pequeno dono fazendo muitas artes. Andava até só nos dois pés traseiros e só nos dianteiros. Rolava para um lado e para o outro conforme o menino apontava com a mão. Pulava alto e pegava pedaços de pau que o menino arremessava. Pegava a cesta com a boca e ia ao açougue buscar carne. Rusgava grosso e fino conforme as ordens. Havia erros, mas dona Mariângela elogiou muito.

– Agora eu vou ler a redação do Juvenal. É o escritor da classe. Ele tem muita ideia. Sabe usar a imaginação. Você precisava estudar, Juvenal. Ia ser bom demais pra você.

– É ideia que ele copiou de mim, dona Mariângela.

– Coitado de você, Leôncio. Pedi uma história e você quase só descreveu o que aparece no quadro.

– É que eu dei a minha história pro Botina Velha, dona Mariângela.

– Botina Velha, né? O seu castigo pra amanhã é este: você vai escrever quinhentas vezes a seguinte sentença: "Não vou mais chamar o Juvenal de Botina Velha". – E a professora escreveu na lousa.

– Quinhentas vezes, dona Mariângela?!

– Se não trouxer, não vai ficar na classe.

– Credo!

– E acabou.

A seguir a professora leu a narração. A classe ouviu em silêncio. Mas todo mundo riu de um comentário:

– Só que aqui você escreveu "bão", Juvenal. É que você ouve assim na sua casa, não é? E não é "tauba" não, ouviu? É tábua. Há erros de plural também. Mas a composição está ótima.

Leôncio começou a bater palmas. Os outros também. Juvenal ficou sem jeito.

– É o escritor da classe. E o pai dele queria tirar o coitado da escola. A composição do Cirineu também está boa. Tem menos erros, mas falta um pouco de imaginação.

– Bito-Bito – Leôncio sussurrou de modo que a professora não ouvisse.

Naquele dia Juvenal saiu da escola um tanto orgulhoso, tropeçando no céu nublado. Escritor era uma pessoa que tinha imaginação para escrever livros. Ver uma realidade, usar a imaginação e criar uma situação em cima de uma das verdades do mundo. Ele, um escritor? Ih, tinha escrito açougue com "ss". Mas se conseguisse estudar muito...

•

Leôncio comprou umas folhas de papel almaço, reuniu alguns colegas em casa e falou:

– Vocês vão me ajudar a escrever o meu castigo, pessoal, se não eu não levo a minha bola pro campo. Eu escrevo uma sentença em cima e todo mundo tem de imitar a minha letra, senão a dona Mariângela desconfia.

Ideia aprovada. Mãos à obra. O castigo foi cumprido logo.

– Cadê as sentenças, Leôncio?

– Tá tudo aqui, dona Mariângela. Fiz até em papel almaço pra sair um trabalho bonito.

– Às vezes a letra não parece com a sua, hem?

– Fiz sozinho, dona Mariângela. Pode perguntar a minha mãe. É que eu fiquei tão cansado que a mão foi ficando boba e de vez em quando escorregava.

– Sei...

Tinha de ser forte

Toda semana o pai obrigava o Juvenal a faltar na escola. Era no sábado. Precisavam cuidar da rocinha de arroz. Era um dia duro de roer, o sábado. Um dia amargoso, não pelo fato de ir para a roça, mas por ter de ficar ausente da escola.

– Você vai passar em primeiro lugar, doutor Juva?

– Eu, vovô?! Vou não.

– Acho que vai sim. Você estuda muito. Estuda até pro mato escutar.

– Mas é difícil.

– Você tem cabeça.

Juvenal não acreditava nisso. Naquele instante pensou no Cirineu Nakira. O filho de japoneses era inteligente e muito estudioso. Tinha uma letra muito bonita e era bom nos problemas. Cirineu tinha todo o tempo para estudar. Não, ele, o Juvenal, estudando até meio contra a vontade do pai, faltando um dia por semana para trabalhar, passar em primeiro lugar? Achava que não. Tinha melhorado muito naquele ano, depois de chegar de uma escolinha da roça e entrar no Grupo Escolar de Aldeota, mas...

•

– Peguei a lavoura de algodão do Aracelo pra desbrotar – o pai disse em casa. – Vai dar pra gente ganhar um bom dinheiro.

Desbrotar algodão era podar o broto principal que crescia para cima. Com a quebra daquele broto, o pé de algodão se desgalhava pelas laterais e carregava muito mais. Era um serviço até fácil. As pessoas vão andando depressa no meio das linhas, trabalhando com as mãos.

– Tô planejando da gente mudar ali pra beira de Aldeota, Altina. Se eu conseguir o negócio de comprar uma casa pra dar metade em dezembro ou janeiro e o resto quando a gente colher o arroz, a gente muda. Ficar aqui não dá. De Aldeota a gente pode sair em caminhão de pau de arara pra ir catar algodão e a gente vai ganhar muito dinheiro.

– Em beira de cidade, Climério?

– E aqui a gente não tá praticamente na beira da cidade? Que diferença faz?

– É, você que sabe. E vai dar conta de arranjar o dinheiro pra pagar uma casa?

– Metade a gente arranja. Tem muito serviço por aí. De vez em quando eu penso que o certo era enfiar a cara pro sertão de Mato Grosso, mas sei lá. A gente é do sertão. Vamos tentar.

Juvenal ouviu a conversa. Sabia que o pai tinha às vezes uma leve tendência para mudar para o sertão. Sentia nisso um perigo. Queria continuar estudando. Mas o pai tinha afirmado que no próximo ano ele não teria mais escola... Sentiu-se pessimista ao pensar nisso. Meio derrotado. Acabrunhado feito um caburé em madrugada de geada. Jurou que iria estudar o quarto ano sim. Como? Que luta teria de enfrentar? Se não conseguisse, tinha vontade de ir embora. Mas era um menino.

•

Amanheceu uma quinta-feira chuvosa que parecia não acabar mais aquele toró. Nem os passarinhos estavam gorjeando direito. Um ou outro pássaro preto deixava escapar uns pipilos. Juvenal abriu a janela e espiou.

– Ih, que tempo feio!

As galinhas pularam do poleiro e se abrigaram no paiol. Os córregos roncavam embalando as enchentes. As goteiras caíam sem parar e aquela branquidão de chuva embaçava o espaço.

– Hoje tem escola pra ninguém não. Quando essa chuva afinar um pouco, a gente vai é pra roça – o pai ditou a ordem do dia.

Havia a roça de algodão para ser desbrotada. Juvenal pulou da cama e foi espiar pela porta. Tempo fechado. Mesmo que clareasse, ninguém iria mais à escola. A mãe fez biscoito de fritar na gordura ou no óleo e fez chá de alfavaca. Beberam e comeram.

"Atchim!"

Vovô Amaro deu o sinal característico na sala. Espalhava baforadas do seu cigarro de palha. Espirrou mais uma vez. O seu rapé estava produzindo um bom efeito naquele dia.

– Vai fazer o quê hoje, vô?

– Comer o que eu já ganhei na vida. Mas o que era bom mesmo num dia com cara assim era uma pinguinha da boa e um joguinho de baralho. Uma bisca. Hoje é dia de fazer nada não.

– Que pinga, pai! Pinga pra estragar a sua saúde mais ainda?

– Minha saúde é de ferro, Altina.

– Eu tô vendo isso mesmo.

Depois de uma hora mais ou menos a chuva diminuiu. Foi virando uma neblina grossa, impertinente. O pai chegou dos currais com as botinas molhadas.

– Vocês ainda tão aqui, meninos?! Vão já pra roça. A gente precisa acabar de desbrotar o algodão do Aracelo amanhã. Só não vai a Neuza. O resto todo mundo vai.

Juvenal descalçou as botinas e colocou debaixo da cama, com carinho. O pai caminhou da sala para a cozinha, da cozinha para a sala, todo inquieto. Maurilo cochichou zombando:

– Ele tá querendo falar pro vovô ir desbrotar algodão também, mas o velho não tá nem aí.

Vovô Amaro estava lá com a boca aberta, esperando um espirro. O espirro não chegava e ele ficava daquele jeito parecendo um bocó. O genro limpou a garganta ali perto.

– Vai pro seu eito de arroz hoje, seu Amaro?

– Hoje é dia santo pra mim. O terreno tá mole que nem doce de leite no tacho. Vou espiar a chuva e contar bem-te-vi pegando aleluia.

Climério tornou a raspar a garganta.

– Mas desbrotar algodão é um servicinho à toa. O senhor podia dar uma demão pra nós.

– Só se parar a chuva de tudo, Climério.

– Sei.

Cada menino pegou uma fileira de pés de algodão e o trabalho começou. Depois de poucos passos estavam molhadinhos. As folhas estavam respingadas e a garoa virava uma chuvinha enjoada. Quando engrossava mesmo, os mosquitinhos sumiam, mas quando só aquela garoa mandava no tempo, as praguinhas se enchusmavam no rosto e nas orelhas dos trabalhadores.

— O negócio é trabalhar correndo que mosquitinho nenhum alcança a gente — Juvenal falou.

— É isso mesmo.

Maurilo, João Carlos e Juvenal se puseram a trabalhar naquela agitação. Levavam lambadas das ramas, mas continuavam correndo. Alceu, com sete anos somente, estava desanimado. Tremia. Elisa e Maura também estavam desanimadas. O pai trabalhava num ritmo normal. Maurilo debochou:

— Olha lá o papai esfregando as orelhas, matando mosquito, gente. Eu pensei que o velho fosse amigo dos mosquitos.

Riram. Mas a labuta não estava para rir. A mão direita de cada um estava toda esverdeada. Aquele cheiro ruim de folha de algodão. Juvenal tinha certeza de que poucos alunos tinham comparecido à escola. Imaginava a classe vazia. Os alunos dos sítios não deviam ter ido. Mas o Cirineu devia estar na classe. O pai dele tinha um caminhão. Tinha certeza de que o japonês colocara o filho no caminhão e o levara para a escola.

Felizmente a chuva parou por completo. Mas aquele orvalho de gotas graúdas continuou habitando nas folhas e molhando sempre. O pai falou:

— Vou buscar o almoço, meninos. Seu Amaro podia pelo menos trazer o almoço, mas aquele velho não tá valendo uma pulga.

Depois que o pai saiu, Maurilo voltou a zombar:

— O velho foi buscar o almoço hoje por causa dos mosquitos. Não quis mandar menino nenhum. Viram só?!

— Eu vou é descansar um pouco no carreador — Elisa falou.

— Eu também — disse a Maura.

Alceu olhou com o rosto molhado, o cabelo também. Os lábios roxos. Juvenal falou:

– É pior a gente ficar parado, meninas. Encaranga.

– Encaranga nada. Não tá chovendo mais.

– Mas a roupa tá molhada e não enxuga com esse tempo nublado.

– Ficam aí paradas que o papai chega rosnando.

– Só vou ficar um pouco – Maura falou. – Quando eu julgar que ele já vem perto, vou desbrotar.

Ali, paradas, os mosquitinhos castigavam ainda mais. As meninas andavam de um lado para o outro, xingando. Logo entraram no algodão molhado e outra vez foram quebrando os brotos.

Quando o pai chegou com um caldeirão grande cheio de arroz, feijão, abóbora e quiabo, foi um momento para um esboço de alegria. Comeram de pé a comida que esfriava logo.

– Quando a gente mudar pra Aldeota, a nossa vida vai melhorar – o pai falou animando os filhos.

– A gente vai mudar mesmo, pai? – João Carlos perguntou.

– Creio que sim. Vou comprar um rádio pra nós. Só que a gente precisa trabalhar muito. O avô de vocês podia ajudar. Montou no cavalo e saiu. Deve ter ido pra venda da Maria Vendeira ou lá pro João Pingueiro. Não vale uma pulga doente.

No correr da tarde, a chuva tornou a castigar. Climério continuou desbrotando algodão. Chuva não quebrava osso e o corpo acostumava a trabalhar molhado depois de algum tempo.

– Vamos ver, vamos ver, meninos. Ninguém aqui é de açúcar não. É só movimentar o corpo que fica até agradável trabalhar.

E passava depressa mexendo com as ramas. Os três filhos mais velhos correndo atrás. Alceu meio encarangado. As meninas também. Teve dó dos três mais novos:

– Alceu, você e as meninas vão embora. Parece que vão encarangar. Eu e os outros vamos trabalhar mais.

Juvenal espiou com uns olhos molhados. Os pés preguentos de barro. As mãos com o sumo verde das folhas de algodão e aquele cheiro nada agradável. Trabalho para o pão de cada dia. Para a sobrevivência. O tempo enfarruscado. Aquela cara pesada, chumbada. Um dia para não esquecer nunca mais. Tinha de ser forte, sonhar, lutar e imaginar o futuro com outras feições.

Vovô Amaro na lama

Num sábado assim-assim de céu nublado, quase terminando o ano escolar, Juvenal e os irmãos saíram da escola. O cavalo que era do avô estava pastando o capim do largo da igreja com a sela no lombo.

– E cadê o vovô?

– Deve tá bebendo pinga – Elisa falou.

Os moleques tinham levado o Pombinho para o largo da igreja. Queriam ver o padre enfezado. Ali não era pasto. Juvenal correu para pegar o animal. Toninho falou:

– Seu avô tá bêbado, Juvenal. Os moleques empurraram ele numa poça de lama e tão jogando bola de barro nele.

– Safados. Segura o Pombinho aqui, Alceu.

O menino correu. O sentimento de família machucado, rangendo os dentes. Seu avô querido, bondoso, estava sendo humilhado. Isso era briga na certa.

– Cambada de cachorros – gritou dando um pé na bunda num deles.

Esse um se afastou. Um outro ainda atirou uma bola de barro no velho, que tentava se levantar.

– Eu te quebro a cara, cadelo!

Esse um não quis correr. Enfrentou o Juvenal. Levou um murro na boca do estômago e gritou de dor. O terceiro atirou uma pelota de barro no defensor do avô e correu.

– Covardes.

Fugiram porque viram que o Juvenal estava um vulcão em fúria. Vovô Amaro sentou-se no barro. Muitas pessoas olhavam, pois o caso acontecia ali perto da rodoviária e era sábado.

– O senhor bebeu muito, vô! Os moleques tavam abusando do senhor. Uns covardes. Soltaram o Pombinho na grama da igreja.

– Os moleques...

Alceu chegava puxando o cavalo. Elisa e Maura olhavam com um jeito assustado. Juvenal deu a mão ao avô, tentando ajudar o velho a se levantar.

– O senhor não pode beber assim não, vô – Elisa disse.

– Não bebi muito... Os moleques levaram o meu cavalo...

Levantou-se e pôs o braço direito no pescoço do animal. Juvenal verificou que o seu embornal de escola estava sujo de barro. O moleque tinha acertado a bolinha logo ali.

– Vamos pra casa agora, vô. O senhor não pode ficar aqui não. Dá conta de montar?

– Acho que sim, doutor Juva.

– Vamos encostar o Pombinho ali naquela calçada alta.

Com muita peleja o velho subiu na calçada. As pessoas continuavam olhando e fazendo comentários:

– O menino defendeu o avô que nem uma galinha braba defende os pintinhos.

O velho montou no cavalo com sua roupa enlameada e Juvenal puxou o matungo. Foram pela rua de terra da cidadezinha. O velho meio curvado, correndo perigo de cair.

– Segura firme, vô, se não o senhor cai.

– Caio não. Põe o Alceu aqui na garupa.

– Quer montar, Alceu?

– Lá na saída.

No meio do caminho vovô Amaro disse:

– Vão contar pra Altina não, meninos. Se não ela vai brigar comigo. Eu caí por aí...

Mas a mulher estudou as condições do pai e disse:

– Tava bebendo de novo, pai?

– Nada não, Altina. Quem falou?

– Quem não percebe o seu jeito. Até levou tombo na lama.

Maura sussurrou:

– Lá em Aldeota os moleques tacaram barro e pedra nele, mãe. Derrubaram ele na lama e soltaram o Pombinho no largo da igreja.

– Isso é verdade, pai?

– O quê?

– O que os moleques fizeram com o senhor lá em Aldeota?

– Quem linguarou isso?

– A Maura.

– Por isso que eu compro presente só pro doutor Juva. Não conta besteira por aí não.

Doutor Juva tem cabeça

Vovô Amaro acreditava que o Juvenal fosse passar em primeiro lugar. Tinha posto aquilo na cabeça. O fim do ano letivo estava chegando. Juvenal não acreditava naquilo com sinceridade. Cirineu Nakira devia ser o primeiro. Ora, ele tinha de faltar um dia por semana para ajudar o pai nas empreitadas. Tinha às vezes de pegar o caderno do Toninho para copiar pontos. Agora de vez em quando faltava na quarta-feira, e não no sábado, pois o serviço da roça à meia do pai tinha minguado.

Fez a prova de aritmética e achou que tinha acertado os quatro problemas. Outros também deviam ter acertado os quatro. A prova de conhecimentos gerais foi marcada para uma quarta-feira. Naquele dia ele tinha de faltar.

– Pai, amanhã é prova. Eu preciso ir.

– Prova?

– É.

– Ainda bem que tá acabando a sua escola, não é?

– Sim, senhor. Só tem esse exame e o de linguagem na quinta.

– Então vai lá fazer o tal exame.

Quando terminou o exame de conhecimentos gerais, achou que não tinha errado nem uma pergunta. Cirineu Nakira também devia ter acertado tudo. Ele era inteligente e esforçado. Para a prova de linguagem caiu uma narração à vista de uma gravura. Escreveu sem muita inspiração. Achou que não estava no seu dia. Sentiu-se inseguro; logo ele que tanto gostava de escrever. Inclusive, usou um termo de que nem sabia o significado direito – *predileto*. Tinha lido a tal palavra num livrinho de cordel e usou como adjetivo com relação a um cavalo. Saiu desconfiado de que a história não tinha ficado muito boa. Tinha feito até mesmo dois borrões com uma pena mosquitinho meio aberta. Cirineu tinha uma caneta Parker-51, e com aquela letra bonita devia ter feito uma narração primorosa. Voltou para casa meio pesaroso. Vovô Amaro pareceu não notar nenhuma sombra de melancolia no rosto do neto.

– Passou em primeiro lugar ou não passou, doutor Juva?

– Passei não, vô. Dei conta não.

– Já sabe?

– Inda não.

– Olha que passou.

– Até borrei a prova de linguagem.

– É?!

•

Agora estava de férias. Tinha de ir para a roça todos os dias, antes que o sol começasse a beber o orvalho. O Grupo Escolar de Aldeota fechado, criando seus morcegos, que aproveitavam a solidão escura daqueles dias. Vanildo, filho do Pedro Sousa, foi quem deu a notícia:

– Você passou em primeiro lugar do terceiro ano, Juvenal. Não foi buscar o boletim hoje não?

– Hem? Não.

Juvenal sofreu um estremecimento de orgulho. PRIMEIRO LUGAR? E o pai não tinha permitido que naquele dia ele fosse buscar o boletim. Era porque não iria ter permissão para voltar à escola no próximo ano?

– Quem passou em primeiro lugar de cada ano vai receber um prêmio no dia da entrega do diploma do quarto ano, Juvenal – Tonico falou. – Você não vai receber o seu prêmio?

– Preciso ir.

Será que era verdade que tinha passado em primeiro lugar? Os filhos do Pedro Sousa não estavam brincando com ele não? Alceu correu na frente e em casa contou a nova. Vovô Amaro estava lá com a boca aberta, o rapé no nariz, procurando o sol já atrás das árvores para que o astro desse um empurrão no seu espirro.

– O Juvenal passou em primeiro lugar e vai ganhar um prêmio.

"Atchim." – Talvez o espirro tenha explodido com o embalo da emoção. – Quem falou, Alceu?

– O Tonico e o Vanildo, que foram pegar os boletins hoje.

– Falei?! Falei?! Doutor Juva tem cabeça. No ano que vem ele vai continuar estudando nem que for pra gente brigar com o Climério.

– É pra receber o prêmio no dia da entrega do diploma do quarto ano.

– Vou ver o doutor Juva receber o prêmio. Vou comprar um par de sapatos pra ele. Ora, ele nunca calçou sapato. Esse menino vai ser um "deplomado" também no ano que vem.

Climério soube da notícia e olhou para o filho com um certo respeito.

– Juvenal tem cabeça mesmo, mas já tá bom...

– Mas já tá bom o quê, Climério?

– Esse estudo, seu Amaro.

– Tá bom não. No ano que vem ele vai continuar. Vai ser um "deplomado". Nesta casa precisa ter um menos burro. Ele não é que nem os filhos do Pedro Sousa, que o pai peleja e peleja e os meninos saem pra escola e ficam escondidos no mato e depois de um certo tempo voltam dizendo que a professora não foi pra escola porque tava doente.

– Pedro Sousa tem uma fazendinha. Pode até mandar os filhos pra uma escola em cidade grande...

– Mas não gostam de estudar, Climério. Então quem tem de estudar é o Juvenal, que tem cabeça.

– Mas a gente não pode. Ano que vem não...

Vovô Amaro fungou. Coçou a cabeça. Era uma coisa que a vida tinha armado erradamente no destino do menino Juvenal. Queria e não podia. Muitos podiam e não queriam.

Vai receber o prêmio, Botina Velha?!

A festa da entrega dos diplomas do quarto ano foi num sábado. Noite quente. Céu profundo, respingado de estrelas. Juvenal estava alegre e triste. Ia receber um prêmio, mas desconfiava que no fim do próximo ano ele poderia não estar recebendo o seu diploma do primário. Tinha engraxado as botinas, pois vovô Amaro não tinha conseguido lhe dar o par de sapatos que prometera. Cleonice foi passando. Deu uma paradinha e disse:

– Tá preparado pra receber o prêmio, Juvenal?

– Tô – e sorriu.

– No ano que vem a festa é sua, né?

– Nossa.

– Eu vou mudar de Aldeota. Meu pai quer mudar pra Rio Preto. Vou estudar lá.

O menino sentiu uma pontada estremecer o coração. Aldeota iria ficar mais triste. Cleonice iria para a capital da Alta Araraquarense só para estudar e ele estava ali envolvido por uma desconfiança pessimista de que talvez no próximo ano não iria conseguir estudar.

– Você precisa ir pra uma cidade grande pra estudar no colégio, Juvenal.

– Nem sei de nada. Meu pai tá querendo me tirar da escola.

– Sem terminar o primário?!

– É.

– Você não pode sair não! Não vê que a dona Mariângela te chama de escritor da classe?! Você é inteligente!

– Sei não o que eu vou fazer.

Disse com uma voz dolorida, olhando para os lados do galpão onde estavam as mesas e onde sentariam as autoridades e professores.

– Vai parar de estudar não, Juvenal.

Cleonice falou e foi caminhando. Vovô Amaro devia aparecer. O pai não tinha ido ver o filho receber o prêmio... A mãe tinha ficado em casa também. Disse que não tinha roupa. Juvenal estava com uma camisa branca, com um remendo nas costas, bem disfarçado para que ninguém notasse.

Os diplomados daquela noite estavam agitados. Havia em cada um uma saudade antecipada. Juvenal ficava observando, calado. De vez em quando um colega dava um alô. Alguém gritou:

– Vai receber o prêmio, Botina Velha?!

Não era outro senão aquele boca maldita. Juvenal olhou nos pés. As botinas ainda não estavam tão velhas.

– Eu deixei você passar em primeiro lugar, Botina Velha.

– Vai chupar sangue de pulga, Juba.

– Meus parabéns. Tem coquinho de macaúba aí pra vender?

– E eu vou vender coquinho agora?

– Ele tá é elegante pra receber o prêmio – Donga falou.

Vovô Amaro aproximou-se do grupo escolar no seu cavalo velho. Parou o matungo e perguntou:

– Onde eu posso amarrar o Pombinho, Juvenal?

– Ali embaixo tem uma amoreira, vô.

– Que hora vai começar a latomia da festa?

– Daqui a pouquinho.

Juvenal queria que o pai estivesse presente. Mas só o vovô Amaro estava lá no pátio com sua barba por fazer, sua cara de quem procurava um espirro para soltar e uns goles de cachaça fazendo a cabeça girar. A prefeitura ia dar um dinheirinho para o aluno de cada ano que tinha passado em primeiro lugar. Foram chamados primeiramente os do primeiro e segundo anos. Muitas palmas. Quando o prefeito chamou o Juvenal, vovô Amaro berrou com emoção, e estalou palmas:

– Doutor Juva!

No meio das palmas Juvenal ouviu:

– Botina Velha.

Levantou a cabeça com imponência. Só podia ser inveja do Leôncio. Voltou para o seu lugar e sentou-se emocionado. Dona Mariângela aproximou-se e disse:

– Este é o meu presente pelo seu esforço, Juvenal.

O menino pegou o embrulho e com um nó na garganta nem agradeceu. Era aquela emoção que preparava nuvenzinhas de lágrimas no escondido dos olhos e por lá mesmo se desmanchavam.

– No ano que vem você vai continuar estudando. O seu pai não vai tirar você da escola. Vamos dar um jeito.

– Sei.

Só foi abrir o presente quando já estava com o avô ali perto do cavalo.

– Agora você tem dinheiro, doutor Juva. E será que presente é esse que a professora te deu?

– Olhe, vô! Uma carteira e uma cinta!

– Aí, já tem a carteira pra pôr o dinheiro que a prefeitura deu. O destino costuma fazer surpresa bonita também. O meu destino é que a cobra venenosa picou... Eh, acabei com a minha fazendinha... Essa pingaiada... Nem fui homem pra te dar o par de sapatos. Acabei com o que eu tinha. O tal jogo de baralho... A tal de pinga. Se eu ainda tivesse o meu sitiozinho, eu ia dar um jeito de "estudar" você, Juva. Agora não posso nem criar um cavalo velho direito. Nem tenho onde deixar. Fica aí nesse corredor de gado, comendo moita de capim daqui e dali. Mas... O Climério não veio pra ver como foi bonito. No ano que vem é você que vai pegar o "deploma". E vai passar em primeiro lugar.

Montaram no cavalo. Juvenal na garupa. Foram no passo lento. A noite era aquela imensidão, alertada por latidos de cachorros vadios pelos arredores de Aldeota. Cleonice iria mudar para São José do Rio Preto. Cirineu Nakira iria para Ribeirão Preto. Por lá fariam o quarto ano e já se preparavam para começar o ginásio. E ele, na garupa do Pombinho, voltava para o sítio com seus prêmios. Antes não tivesse recebido prêmio nenhum, mas fosse estudar numa cidade grande.

No dia seguinte o pai soube dos prêmios. Ficou orgulhoso momentaneamente. Alisou o bigode. A mãe ficou um tanto orgulhosa, embora estivesse adoentada.

– Ju, você precisa de estudar, sim. A gente precisa dar um jeito. – Era a primeira vez que a mãe falava assim. Que tomava o seu partido com uma certa energia. – Você tem de lutar, meu filho.

Naquele instante acreditou que no ano seguinte iria continuar estudando, sim. As forças do pensamento positivo estavam convergindo para ele. Não podia parar no meio da estrada da busca. Levasse muitos e muitos tropeções, mas jamais deveria esmorecer. Vovô Amaro tinha sido um perdido, mas sabia aconselhar e dar ânimo.

•

Pelo anoitecer a mãe estava mais doente ainda. Juvenal ficou espiando da porta do quarto. Havia no rosto dela uma doloração melancólica. Durante aquela noite ela gemeu. O menino ergueu a cabeça do travesseiro e ficou ouvindo. O córrego também derramava sua linguagem fragorosa. Parecia estar chorando pela mãe ali naquela casa. A mãe trabalhadeira, que não tinha nenhum conforto, que tinha visto vovô Amaro acabar com as coisas em noites de bebedeira e jogos de baralho. Agora nem tinha nada para herdar.

O dia amanheceu com sua cara triste. A mãe doente. O pai, sem dinheiro, pensou no prêmio que o filho tinha recebido.

– Só pegando o dinheiro do Juvenal, Altina.

– Não era pra pegar, não. Era pra pôr na Caixa Econômica pra render juro. Ele disse isso.

Juvenal falou alto.

– Pode pegar o meu dinheiro sim, mãe, pra comprar remédio.

– Depois eu te dou outro pra você pôr nessa tal de caixa, Juvenal.

O pai falou isso e pigarreou. O menino pegou a carteira marrom e entregou ao pai.

– Preciso da carteira não. Guarda.

– Eu vou dar ela pro senhor, pai.

– Ah, então... Sei.

O pai comprou remédio para a mãe com o dinheirinho do prêmio. O dinheiro que ele queria depositar numa conta de poupança na Caixa Econômica. A conta nem foi aberta. O pai nunca mais lhe devolveu o dinheiro. O menino ficou sentido, mas fez de conta que não tinha ligado. A mãe estava boa...

Férias para trabalhar

As férias foram passando com muita manga madura, chuvas e mais chuvas e muito serviço. Lá do alto das roças podia contemplar Aldeota. A escola fechada. Os colegas brincando. Jogando bola, nadando, lendo gibis. O pai já tinha esquecido aquele orgulho rápido pelo filho que tinha passado em primeiro lugar.

– Comprei uma casinha ali beirando Aldeota. – O homem chegou e falou com um certo entusiasmo. – Vamos mudar na semana que vem. O dinheiro tá na bacia da miséria, mas a gente vai dando um jeito.

– Vendo o Pombinho pra ajudar a pagar, Climério.

– Já tá bom, seu Amaro. Ajuda um pouco. Na catação de algodão, a gente livra uma grana boa. Pau de arara sai de madrugada da pracinha de Aldeota até dizer chega. A gente com a nossa turminha vai matar o boi.

Juvenal sentiu um estalo de positivismo naquele acontecimento. Não iriam para o sertão de Mato Grosso. Ali, beirando Aldeota, ficaria mais fácil para ele estudar.

Era uma casa de barrote com dois quartos. O piso não era de chão. Tinha um ladrilho velho, esburacado. Mas já era alguma coisa. Não cabia todo mundo direito, mas se viravam na hora de dormir. Vovô Amaro punha seu colchão de capim na sala. Maurilo, João Carlos e Juvenal precisavam dormir ali também.

– Depois a gente aumenta esta casa.

Climério falou, coçando a barba, olhando para o Juvenal com um livrinho de literatura de cordel na mão direita. Tinha pego emprestado com o Toninho.

– Não é tempo de escola não, Juvenal. Escola acabou.

•

O menino olhou lá para o alto, do outro lado do córrego, onde estava a empreitada do pai. Era uma roça de milho. Estavam capinando. Será que sua escola tinha acabado para sempre? Começava um novo ano. As pessoas falavam de uma nova esperança, de novas lutas e realizações. Todo mundo queria melhorar a vida. Juvenal sentia isso no sentimento do povo. Nem só ele sonhava com o acalento da sua esperança. Os lavradores queriam safras farturosas e bons preços. Mesmo aquele que tinha só um pedacinho de roça deixava escapar um pedacinho de sorriso. Era um bom tempo.

As chuvas se enfileiravam nas terras férteis, no belo interiorzão paulista. Noite e dia aquele molhaceiro. Climério arrastava sua turma para a roça. Não havia tempo ruim.

– Cortar esse trecho a pé é de amargar. Vendi o Pombinho porque a gente mudou pra beira do comércio e ele tá me fazendo falta.

Vovô Amaro reclamou e foi ficando para trás, escorregando na lama, perdendo o ânimo.

– Caminha, vô.

– Tô quase ficando por aqui, Juvenal.

– Vai ficar?

– Logo eu chego lá.

Ia caminhando descalço. Parou. O córrego estava perto. Chegou até a ponte, desceu, lavou os pés. Por quê? Não era tudo lama? A chuva esbranquiçou. Ficou debaixo da ponte.

"Hoje o serviço já era."

Resmungou e voltou com sua roupa molhada. Tinha umas moedas no bolso. Maria Vendeira o recebeu com um sorriso molhado.

– Tá encharcado, seu Amaro!

– Vim beber um trem brabo aqui pra esquentar a goela e o corpo. Não matei ninguém pra ficar cumprindo castigo na chuva atrás daquele meu genro.

– Seu Climério é burro de carga.

As moedas deram apenas para uma dose de pinga. Falou:

– Tenho mais dinheiro, mas só lá em casa, dona Maria. Não posso carregar nota na chuva. Queria mais uma pinguinha. Depois eu pago.

– O senhor é um freguês direito, seu Amaro. Pode beber.

Aproveitou para esquentar o corpo. Danado de tempo úmido e frio. Ninguém era de ferro. Deus mandava chuva e a saparia batia caneco. Vovô Amaro olhou para o tempo com os olhos nublados.

– Pára não. Vou assim mesmo.

– Pode fazer uma aragenzinha, seu Amaro.

– Já tô molhado até nos ossos, dona Maria. Faz diferença não.

Entrou na chuva. Perdeu a conta dos tombos que levou, mas chegou em casa são e salvo.

– Que isso, pai?!

– Quem pára em pé nesse lamaceiro...

– O senhor tá com jeito que bebeu. Hem?

– Só um pouquinho, Altina! Quem ia aguentar ficar com o corpo molhado desse jeito? Eu podia pegar uma gripe sem cura e até uma maleita braba. Podia até ficar tuberculoso ou com pneumonia.

– Se não bebesse?

– É claro. Mulher não entende mesmo dessas coisas.

– E bebeu e chega em casa que nem um porco que rolou na lama. O senhor não foi pra roça?

– Voltei no meio do caminho. Não tô mais nessa idade não... Ara...

– Vai tomar banho e tirar essa roupa, pai.

Vovô Amaro já estava deitando na sala.

– Os moleques te tacaram pedra, vô? – Maura perguntou.

– Não, não, não.

Já estava com os olhos fechados. Não podia ficar molhado daquele jeito. Deu muito trabalho à filha para tomar banho e tirar aquela roupa.

•

Na roça de milho Climério falava mal do sogro.

– Tenho certeza que o seu Amaro voltou e foi beber pinga no boteco da Maria Vendeira.

– Foi mesmo, pai – Maurilo disse.

Juvenal ficou espiando. Não gostava que ninguém falasse mal do avô, apesar de tudo.

– Foi sempre um homem perdido. Acabou com tudo que tinha e agora a gente tem de aguentar ele. Não vale uma pulga.

Juvenal enfiou a enxada nos matos e seguiu capinando. Vovô Amaro era seu incentivo nos estudos em casa. Isso já representava muito para o menino. Havia alguém, naquele mundo áspero, acanhado e pobre de oportunidades, que acreditava no seu sonho. No meio do milho alto não enxergava nada. As lavouras estavam sadias e muito verdes. Aldeota ficava lá no outro alto, cercada por lavouras. Os sonhos daquele menino tinham o verde de todas aquelas lavouras que prometiam abundância de safra.

Uma folha de milho raspou seu olho direito.

– Ai.

Acudiu a dor. Começou a minar água, e uma ardência que parecia estar lixando o olho começou a atormentar. Esfregou com o dedo indicador. O olho foi ficando vermelho.

– Que isso, Juvenal? – João Carlos perguntou.

– Uma folha de milho. Tá ardendo pra cachorro.

– O estudante... – Maurilo zombou.

– Sou estudante sim. Vou estudar.

Abriu o olho. Doeu mais.

– Miséria – xingou.

Ele parecia estar chorando só com aquele olho. Espalmou a mão direita sobre ele e ficou parado, sem piscar.

– Que isso, Juvenal? – o pai perguntou.

– Uma folha de milho entrou no meu olho.

– Já tá na hora de ir embora. Molhado desse jeito o dia inteiro, ninguém aguenta.

O olho ficou vermelho e inchou um pouco. Pelo caminho todo foi arranhando e atormentando. Vovô Amaro dormia. Climério olhou com um jeito de censura. Juvenal ouviu o pai perguntando na cozinha:

– Que hora o seu pai chegou aqui, Altina?

– Não faz muito tempo.

– Com o chifre cheio de pinga?

– Se foi!

Decisão e ação do vovô Amaro

Nos dias da matrícula Juvenal e os outros estavam trabalhando nas lavouras do Gonçalinho. O caminhão saía da casa do lavourista pelo clarear do dia. Os peões iam chegando cada um com a sua marmita ou um caldeirãozinho de comida, dando bom-dia e se encostando. Juvenal e o pessoal da sua família levavam caldeirões.

– Vamos no pau de arara do Gonçalinho, seu Amaro.

– Trabalhar de caminhão. A vida vai melhorando.

– É até pior. A gente tem de comer boia-fria. Quando tem sol, ela fica morna, mas nesse tempo nublado e chuvoso, é danado de ruim.

As enxadas, o lavourista fornecia. Havia essa vantagem. Outros lavouristas normalmente não ofereciam as ferramentas. Cada peão tinha de levar a sua. Gonçalinho era diferente. E pagava direitinho.

Juvenal se viu num beco sem saída. Como ele iria fazer a matrícula? Tinha de sair cedo com seu caldeirão de comida, pegar o pau de arara e passar o dia inteiro na lavoura.

– É tempo de fazer a matrícula, vô. Hoje, amanhã e depois.

– "Matícula"?

– Matrícula, vô. Tenho que ir levar o boletim.

– A Elisa não pode fazer isso pra você?

– Pode sim. Acho que sim. Nem sei.

– Eu vou fazer isso pra você, doutor Juva. Amanhã vou fingir que tô doente pro seu pai ficar menos danado comigo e vou fazer esse treco pra você. Você me entrega esse tal de "letim" e eu vou e enfio a cara, faço. Converso lá e, sei não, vou conseguir.

– Não é difícil não, vô. Leva o meu boletim e fala: "Vim matricular o meu neto no quarto ano". Daí o pessoal lá faz tudo e eu já fico pronto pra ir pra escola.

– É claro. Você não vai parar de estudar não. Quem estuda, eu sei, sou analfabeto mas sei: fica menos bobo e menos burro de carga que os outros. E a pessoa fica entendida das coisas. Você vai estudar. Eu brigo com o seu pai.

•

No dia seguinte vovô Amaro amanheceu gemendo.

– Ai, ãi, hoje eu tô no prego. Tô doente.

– Isso é, é – Climério ia dizer que era muita cachaça, mas o termo parecia muito depreciativo – bebida, seu Amaro.

– É capaz que é mesmo. Minha roça hoje é aqui dentro de casa.

Levantou-se mais tarde. Cheirou rapé e espirrou daquelas maneiras diferentes como às vezes inventava de fazer: "arrouchê, tcheu, ssspirrou, rochê".

– Agora vou "escrever" o Juvenal no quarto ano. Ele vai estudar com a minha ajuda.

– Falou com o Climério, pai?

– Não. Mas vou.

Saiu com suas botinas velhas, seus passos cansados, imaginando o Juvenal carregadinho de estudo, falando bonito, sabendo das coisas. Aquele menino tinha cabeça e queria estudar. Isso parecia ser uma coisa muito positiva para o velho. Daqui uns quinze anos Juvenal deveria ser alguma coisa. Queria viver para ver. Acreditava que ainda viveria mais uns vinte anos. Juvenal doutor ou professor. Aquela cabeça não podia ficar sem ser fertilizada pelo adubo da força de vontade, não devia ficar sem receber as sementes do estudo aquele terreno bom para a produção.

O velho espiou com seu jeito sertanejo, acanhado. Entrar naquele grupo dava um certo medinho de não saber se comportar. Felizmente viu a professora Mariângela. Ficou mais animado.

– Dona Ângela, eu vim "macular" o Juvenal meu neto pra tirar o "deploma".

– Ah, o Juvenal. Ele não pode parar de estudar mesmo não. Fale com a Vanda, aquela senhora ali. Ela faz tudo. Trouxe o boletim dele?

– "Truxe".

Caminhou mais animado agora.

– Eu vim "macular" meu neto Juvenal.

– Veio o quê?

– "Matular, macular", sei lá. É pra estudar, pra tirar o "deploma".

A mulher fez ar de riso. Vovô Amaro percebeu que não tinha acertado na pronúncia daquela palavra desconhecida. Ah, que se danasse. Se a escola fizesse tudo direitinho, é o que importava.

– Pronto.

– Agora é só ele estudar?

– Só.

– Meu neto é o que passou em primeiro lugar no ano passado. Tem uma cabeça de doido pra estudo.

– Eu sei. Será que ele vai passar em primeiro lugar este ano de novo?

– É na certa! Ele estuda até pro mato ficar escutando. Leva livro até pra roça. Lê pra deixar a gente basbacado. Até logo.

Saiu tão feliz que começou a assobiar. E, para celebrar o contentamento, foi beber pinga no bar do João Pingueiro.

– Vou "estudar" o meu neto Juvenal, Pingueiro. Fiz a "macula" dele hoje.

– "Macula"?! Que palavra é essa?!

– É levar o, o, como é que fala?

– O quê?

– Aquele papel amarelo. É um negócio de "tim". Tá aqui.

– Ah, boletim.

– Isso. É dar o nome dele pra estudar.

– É matrícula que o senhor fez, homem. “Macula”! Isso é invenção de doido.

Chegou em casa no estilo giramundo. A cabeça em piorra. Alegrão que quase estourava.

– O Juvenal já tá na escola. Trabalho pra ele estudar. Dou o estudo pra ele. Vai ser doutor.

– E o senhor bebeu, pai?

– Um tiquinho, Altina! Só pra alegrar mais a alegria.

– E precisava disso?

– Mulher não entende a cabeça de homem não. O Juvenal vai ser doutor médico ou “adevogado”. Pode ser professor também. Vou trabalhar pra ele. E brigo com o Climério se ele inventar contrariedade.

Naquele dia na lavoura, Climério usou uma outra expressão:

– O avô de vocês não vale uma galinha morta.

Juvenal levantou os olhos para os lados de Aldeota. Será que o avô já tinha feito sua matrícula? A imaginação embaraçou-se nas dificuldades dos dias futuros da sua luta em busca do estudo. O pai tinha afirmado que neste ano sua escola era a roça e isso o machucava. Talvez vovô Amaro tivesse feito sua matrícula à toa. Sentiu um repente de pessimismo, desânimo. Coçou o couro cabeludo molhado de suor. Que Deus o ajudasse a vencer aquela fase. Felizmente havia o avô do seu lado, lutando por ele, brigando até.

“Vou estudar”, sussurrou para si e puxou a enxada.

À noite, em casa, Climério perguntou com um tom meio sarcástico na voz rouca:

– Sarou, seu Amaro?

– Mais ou menos. Aproveitei pra “escrever” o Juvenal na escola pra ele tirar o diploma.

– O senhor?

– Eu.

– O Juvenal não pode estudar mais não. Pode não. Pra que estudar mais que isso que já sabe?

– Sabe nada ainda, Climério.

– Já sabe muito. Vai estudar não.

– Vai.

– Quem manda nele, seu Amaro?

– Você, mas eu interfiro. É pro bem dele.

– Precisa é de trabalhar e ganhar dinheiro. Vem a safra do algodão e na catação ele apura uma boa nota.

– Trabalha depois da escola. A parte que ele ia ganhar trabalhando o dia inteiro, eu dou em casa.

– O senhor bebe é pinga por aí que nem hoje.

– Mas trabalho. Hoje eu não fui pro eito porque queria ir na escola "escrever" o menino pra estudar.

– Tempo perdido...

– O Juvenal vai pegar o "deploma" este ano.

Climério saiu raspando a garganta. Juvenal tomava banho naquele estilo de se esconder num cercadinho atrás da casa que chamavam de banheiro e despejar a água com um litro. Ficou com o litro quase cheio suspenso, ouvindo. Pensamentos desencontrados trabalhavam no cérebro dele. Ia ser um ano fogo. Ser pobre era um defeito naquelas condições, pois dali decorria a ignorância. E o assunto morreu naquela noite, e no dia seguinte o pai não tocou naquilo. Quando as aulas começassem é que a coisa deveria ferver, e aí o menino pensava nos embaraços.

O primeiro dia de aula do quarto ano

Naquele sol de verão, foi trabalhar com um burro velho meio lerdo que puxava o bico de pato entre as linhas do arroz e dos outros cereais. Juvenal tocou o burro para um talhão de milho passando um pouco da cintura. Ao mesmo tempo que o bico de pato chegava terra nos pés de milho, cortava também os matos pragas. O burro era uma pachorra, mas, naquela toada de não cansar nunca, varava o dia.

– Magano – Juvenal ralhou com o burro e firmou o bico de pato.

E o ir e vir foi constante. Descalço. As botinas guardadas para a escola. Até as botinas pareciam sonhar com o estudo do dono, ou simplesmente ficar ali debaixo da cama, esperando, esperando. Eram botinas tão valiosas que não podiam ser usadas na lavoura. Não podiam ser estragadas. Leôncio tinha uma boca terrível. Mas será que iria mesmo usar as botinas na volta para a escola? Só estava usando para ir ao cinema e nos domingos.

A terra arada bafejava poeira quente. E aquilo penetrava por baixo das pernas da calça e misturava com o suor e aos poucos ia assando. Quando, à tardinha, o menino foi em direção ao caminhão, estava andando com as pernas abertas.

– Assou a bunda, Juvenal? – João Carlos perguntou.

– Assei.

– Aí, você disse que trabalhar com a carpideira era melhor!

– É nada não.

•

Naquele fim de semana apareceu um professor novo em Aldeota. Todo mundo ficou espiando. Leôncio foi o primeiro a contar a nova.

– É o professor Tiago. Veio de São Paulo e vai dar aula pro quarto ano. Vai ser o nosso professor, Botina Velha.

Juvenal ficou olhando. O rapaz passou com um paletó cinza-escuro.

– Não vai ser a dona Mariângela não?

– Não, Botina Velha. Foi sempre protegido por ela, hem! Agora não vai ter moleza não. Tá pensando que vai ser fácil?

– Sei lá, cara de leão.

Juvenal ficou pensando. Segunda-feira começavam as aulas. Ia ou não ia para a escola? Ao entrar na salinha do casebre onde morava, encontrou o avô à espera de um espirro. Boca aberta, olhando para o teto.

– Engatilhei um espirro e não disparei. Danado.

Fechou a boca, espirrou o rapé.

– A escola começa segunda-feira, vô. Tem um novo professor aí. Vai dar aula pro quarto ano. O nome dele é Tiago.

– Vai ser o seu professor então?!

– Nem sei se eu vou poder estudar, vô.

– Vai. Rolo na briga com o seu pai, mas você vai pra escola. Se gosta e quer, tem de estudar.

•

No domingo à tarde o velho chamou o genro às falas duras.

– Amanhã o Juvenal vai pra escola, Climério.

O homem olhou para o sogro, chispando faíscas.

– Vai pra escola da roça – falou calmamente, mas num tom de debochada e poderosa autoridade.

– O menino tem de ir pra escola, homem tapado!

– Eu mando nele, seu Amaro. Eu mando nele. Amanhã ele pega o caldeirão de comida e vai pra roça comigo. Já dei o estudo que ele precisava. Já fiz o meu dever. A minha parte tá feita.

– Isso é miséria! Eu devia ir embora desta casa. Onde existe gente ignorante, eu não devia morar.

– Ignorante é o senhor, que acabou com tudo que tinha na pinga, na farra e no baralho e depois veio viver às minhas custas.

– Às suas custas não, que eu trabalho. Até vendi o meu cavalo pra ajudar você comprar essa tapera.

– Eu lhe dou o seu dinheiro de volta.

– Vamos parar com essa discussão na frente dos meninos – Altina ralhou alto.

Os dois homens ficaram em silêncio, cada um resmungando a seu modo. Juvenal foi para o terreiro. Maurilo olhou com um rosto muito sério. João Carlos não debochou. Um carroceiro passou estalando um relho comprido, gritando com o cavalo. Aquilo não chamou a atenção de ninguém. Climério falou com sua voz massacrante:

– Arruma o caldeirão do Juvenal do mesmo jeito, Altina.

O sonho começava a desmoronar. No dia seguinte, quase todas as crianças e adolescentes de Aldeota estariam indo para a escola em bandos tagarelas. Era uma festa. Quando isso acontecesse, ele já estaria na roça, sufocando o choro e afogando na poeira sua vontade de estudar. Foi uma noite angustiante. Pensou na escola até dormir. Uma tristeza dolorida chegava de mansinho, tomava conta da sua sensibilidade e ficava ali atormentando o quanto podia. Como era ruim aquilo!

A boca estava amargando naquela madrugadinha. Os dois irmãos mais velhos respeitavam a sua dor. Não mostravam expressões de deboche. Aquele menino Juvenal amava realmente estudar. Era uma vocação nata. O pai saiu na frente. Os três filhos seguindo a certa distância. Vovô Amaro em casa, revoltado. Não queria ir trabalhar na companhia do genro. Disse que iria para outra roça.

Daquela esquina Juvenal podia ver a frente do grupo escolar. Parou. Namorou a escola, emocionado, triste. Uma vontade de chorar começou a nascer no escondido mais profundo dos olhos. Quando amargosos filetes de água começavam a marejar, João Carlos disse:

– A escola, Juvenal?!

– Nada não.

A voz foi um pouco traiçoeira, chorona. Caminhou. Os olhos apertando, o soluço afogado, os passos tropeçando no vazio do desmoronamento do sonho. Subiu na carroceria do caminhão sem conversar com ninguém.

Vovô Amaro estava decepcionado. Foi trabalhar nada. Dedicou o dia a ir do boteco da Maria Vendeira ao do João Pingueiro, falando mal do genro, dizendo que estava indo embora.

– Pra onde, seu Amaro?

– Volto pra Minas ou vou pro sertão de Mato Grosso caçar bicho.

– Mas o senhor já não tá muito velho?

– Eu tenho é tutano. Aguento o baque, homem. Ajudo o Climério a tratar a família dele. E não é minha responsabilidade não. Aquele homem é um burro de carga de ignorante que só sabe seguir a tropa. Onde já se viu um pai nesta época não querer deixar o filho estudar?

– Isso é ignorância mesmo.

– Ignorância de marca maior, Pingueiro! Mais uma dosinha aí pra afogar essa raiva que tá aqui dentro de mim.

•

Professor Tiago fez a chamada. Juvenal estava ausente. Leôncio falou alto:

– É o Botina Velha, professor. Foi ele que passou em primeiro lugar no ano passado. O nome dele tá na chamada, mas eu acho que o pai dele não vai deixar ele estudar não. Ele é doidinho pra estudar.

– Botina Velha?!

– É o apelido. O pessoal é que pôs. É que ele andava com cada botina velha caindo aos pedaços.

– Ele é que pôs esse apelido no Juvenal, professor. – Militino disse com o braço erguido.

– Mas o pai do Juvenal não quer deixar o menino estudar por quê?

– Pra levar pra roça, professor.

– Onde ele mora?

– Lá na saída do finca-faca. Eu levo o senhor lá, professor Tiago, se o senhor quiser ir.

– Eu vou conversar com esse pai. Isso não pode ficar assim.

– Ih, o Juvenal chora de doidinho pra estudar que ele é.

Através da professora Mariângela, professor Tiago soube realmente quem era o Juvenal. Simpatizou com a causa daquele menino.

Professor Tiago

Na noite do segundo dia de aula, professor Tiago apareceu na casa do Climério, levado pelo Leôncio. Vovô Amaro fumava um cigarro de palha na sala.

– Boa noite, meu senhor.

– Boa noite.

– Senhor Climério?

– Não senhor. Ele é o dono da casa.

– Está?

– Na cozinha. Entra, seu moço. O senhor é o professor de São Paulo, o seu Tiago? É sim!

– Realmente. Eu quero falar com o senhor Climério.

Climério tinha acabado de comer e ainda estava com o prato vazio nas mãos, na cozinha. Juvenal e os irmãos estavam na cozinha também. Climério olhou para a esposa. Rangeu os dentes.

Vovô Amaro caminhou para a cozinha. Preferiu não chamar em voz alta. Mirou o genro por algum tempo, soltou fumaça pelo nariz:

– O professor que veio de São Paulo tá aqui, Climério. Veio conversar com você.

Climério coçou o braço esquerdo, fungou:

– Comigo?!

– É.

– Tenho nada com professor nenhum – falou num resmungo.

Levantou-se, pôs o prato na mesa, bebeu água tirada do pote, bochechou lavando a boca, enxugou o bigode com a mão direita e caminhou para a sala com um certo acanhamento. Um professor ali na sua casa! Desconfiou do assunto.

– Senhor Climério? – o professor perguntou, levantando-se.

– Senhor sim.

– Sou o professor Tiago. Como vai o senhor?

– Bem, graças a Deus.

O professor sentiu a mão áspera e calejada do lavrador.

– Como vai a batalha na lavoura?

– Vai bem. Muito serviço.

– As lavouras estão boas?

– Tão. Pena que eu só tenho um pedacinho de arroz. E já tá quase na hora de colher.

– Deu muito?

– Coisinha. É à meia ainda.

Reinou um silêncio de expectativa. Climério raspou a garganta. O professor iniciou o assunto.

– Senhor Climério, eu vim aqui por causa do seu filho, o Juvenal. Eu já sei a história dele. É um aluno inteligente e estudioso e, segundo me informaram, ele deseja ardentemente estudar.

– É.

– E o senhor não quer permitir ou acha que não pode.

– A gente é pobre e precisa do serviço dele.

– Mas veja bem: o menino está no quarto ano, quer estudar, será que o senhor não poderia fazer um esforço e dar essa grande satisfação a ele?

Vovô Amaro entrou na conversa. Ele parecia não ter bebido nada, mas estava meio inquieto.

– Isso é ruindade, professor. Eu já falei pra ele que trabalho no lugar do menino e o homem não quer. Eu é que fui lá e fiz, fiz o jeito do Juvenal estudar. O pai tá uma ruindade.

– O material dele eu dou, senhor Climério.

– Né isso não, professor. O Juvenal faz o serviço de um homem. O estudo que ele precisa pra vida, já tem.

– Vida de lavrador, meio analfabeto?!

– É.

– E o senhor sabe se ele não pretende ser outra coisa?

– A gente é da roça. Nasceu e cresceu na roça.

– Ele pode ir embora a fim de buscar outros conhecimentos. Ele pode ser atraído pelo prazer de estudar. Cada pessoa faz o seu destino conforme os seus interesses.

– Esse menino é da roça, precisa de mais estudo não.

– Precisa sim senhor. Toda pessoa precisa estudar. A educação é a base, é a fortaleza de qualquer país. A ignorância é a marca maior da pobreza de um povo. O Brasil só não é um país mais desenvolvido por causa do nosso analfabetismo. E agora está sendo aprovada uma lei pelo Congresso Nacional e pelo Senado. "O pai que deixar de dar o diploma primário ao filho, vai pagar uma tremenda multa ou vai pra cadeia." Juscelino Kubitschek está instituindo essa lei.

– É lei?

– Lei que está sendo aprovada agora. E o caso do senhor é um crime. O senhor quer obrigar um filho a parar de estudar. O pai, deste ano em diante, vai ter que obrigar o filho a estudar. Se o senhor for denunciado ao Ministério da Educação, pode ser preso.

– Eu não entendo isso não, professor. Sou analfabeto.

– Mas o seu filho quer a instrução.

– É que o serviço dele é importante pra ajudar em casa.

– Mas eu já falei que ajudo – vovô Amaro falou alto.

Climério queria dizer que ele não valia uma pulga, mas apenas olhou para o sogro com a cara fechada, rangeu os dentes e piscou sem pressa. Estava embaraçado naquelas coisas que o professor tinha acabado de falar. Umas coisas que ele não entendia nada. Uns nomes estranhos. Só entendia a tal de multa. Ir para a cadeia? Será que o professor iria denunciá-lo às pessoas da lei? Aquele professor estava ali na espelunca dele com segundas intenções. Aquele homem de São Paulo sabia das coisas. Vai ver que ele era até alguém do presidente da República mandado para o interior para examinar essas coisas. Juscelino Kubitschek estava construindo uma nova capital para o Brasil no sertão de Goiás e ainda tinha tempo para inventar essa lei de obrigar o pai a dar o diploma primário aos filhos?

Juvenal ficou na cozinha. Não se mostrou ao professor. Ouviu a conversa com esperança.

– O seu filho não passou em primeiro lugar, senhor Climério?

– Passou.

– O senhor devia ficar orgulhoso disso e ajudar o menino a estudar, fazendo até o impossível.

– Ele tem cabeça.

– Quero receber o seu filho na minha classe amanhã.

– Sei.

– Quer tomar um café, sô professor? – vovô Amaro perguntou.

– Aceito.

O Botina Velha tá importante!

No dia seguinte Juvenal espreguiçou-se, calçou as botinas e pensou na vida. Os outros já tinham ido para a roça. Vovô Amaro tinha ido trabalhar no lugar dele. Pelo menos tinha dito isso. O menino foi para o terreiro e olhou para a cara um pouco nublada do tempo. Contente que era um sanhaço pipilando numa amoreira rosada de frutinhas. A vida parecida estar num dia de festa.

Caminhou para a escola. De todos os lados apareciam alunos. A bandeira do Brasil enfeitava patrioticamente a fachada da frente do Grupo Escolar de Aldeota. A visão daquilo despertou em Juvenal um sentimento de civismo, prazer e grandeza. Quis ficar arrepiado, mas...

– Botina Velha! Voltou, Botina Velha.

Estragou todo aquele êxtase patriótico do momento, a barulheira do Boca Maldita. Juvenal olhou e não disse nada. Leôncio foi se aproximando naquele estardalhaço.

– Eu é que fiz você voltar pra escola, Juvenal. Falei com o professor Tiago e levei ele lá. Você ficou escondido. Não quis sair.

Juvenal ficou olhando, meio perplexo. E a molecada foi chegando, espiando nos pés do filho do Climério. As botinas não estavam nada velhas.

– Professor Tiago é bacana, Juvenal. – Militino falou.

– É?!

Os velhos colegas foram chegando com olhos curiosos. Pedro Melo comendo pão. Donga espiando com aqueles olhos de mico. Valdomiro levando um pardal com uma asa quebrada.

– Achei assim. Vou levar pra casa pra curar ele e soltar.

Zezão com os pés no chão, desleixado que só ele. Tião Preto com umas figurinhas na mão direita, topando o que surgisse: jogo, troca ou venda. Cirineu Nakira estava em Ribeirão Preto. Cleonice em São José do Rio Preto. Havia alunos novos.

– Tá vendo aquele menino, Juvenal? – Leôncio apontou.

– O quê?

– É o Joel Medina. O Medina. Passou em primeiro lugar na cidade dele e agora tá estudando aqui em Aldeota. Veio pra passar em primeiro lugar. Veio tomar o seu prêmio.

– Ah, que me importa com isso.

– Medina, vem cá. Vem conhecer o Botina Velha, aliás, o Juvenal. Este aqui é o famanã da escola. Voltou. Você disse que ia passar em primeiro lugar, mas agora toma cuidado. – Medina resmungou um não. Leôncio continuou: – Não falou não, Pé-de-Burro?

– E falei?

– Pé-de-Burro.

– Que Pé-de-Burro, Leôncio?

– O Donga é que pôs esse apelido em você.

– Eu não. Nem tô sabendo disso. Ele põe apelido nos outros e fala que é a gente.

•

Juvenal parecia até desacostumado a ficar na fila para entrar na escola. O professor apareceu e ele ficou meio acanhado.

– Você é o Juvenal? – perguntou ainda na fila, no pátio coberto.

– Sou.

– Certo.

Os outros alunos viraram e ele foi o alvo da atenção. Sentiu-se meio importante, constrangido. Toninho chegou e entrou na fila. Entrando na classe, o filho do barbeiro falou:

– Guardei o seu lugar na minha carteira, Juvenal. Eu sabia que você ia voltar.

– Sei.

– Tenho um livrinho de verso aqui muito legal. *O encontro de Dioguinho com Lampião*. Quer ler?

– Quero.

– Você vai gostar.

Juvenal observou e viu novos colegas. Sentiu-se tremendamente orgulhoso na classe. Professor Tiago começou a aula. Os alunos começaram a falar muito.

– Eu arranco a orelha de bagunceiro – admoestou com severidade.

Reinou aquele silêncio de todo mundo ficar olhando para o professor por algum tempo.

– Cada um fazendo os seus problemas.

No final da aula o professor pediu ao Juvenal para ficar na classe. O menino mostrou seu jeito meio acanhado e ficou coçando a nuca.

– Eu vou comprar os cadernos pra você, Juvenal. O livro de leitura também.

– Sei.

– Seu pai não ficou bravo com você, não?

– Não, senhor.

– Depois ele vai ver que está fazendo um grande bem.

– É.

•

Quando saiu, encontrou alguns colegas esperando.

– Ficou lá na classe pra quê, Botina Velha?

– Vai pentear macaco com Botina Velha, Juba.

– O que qui foi, Juvenal? – Toninho perguntou.

– Nada não. Seu Tiago falou que vai comprar o meu material.

– O Botina Velha tá importante. Acho que vai ganhar até sapatos novos.

•

Juvenal sentiu-se tremendamente recompensado naquele dia. Chegou em casa com fome. Tinha deixado de ser um boia-fria naquela refeição. Sentiu-se rico. Almoçou e pensou que devia trabalhar. O pai e os outros estavam trabalhando longe.

Climério estava assim meio conformado. Conversou com um caboclo.

– Perdi um peão. O Juvenal voltou pra escola.

– Estudar faz bem mesmo, seu Climério.

– Tem um professor aí em Aldeota agora que veio de São Paulo e foi lá em casa ontem. Foi querer o menino pra estudar. Falou numa tal de lei que obriga o pai a pôr o filho pra tirar o primário. O senhor tá sabendo disso?

– Sei não.

– Disse que a gente pode até ser preso ou pagar caro. Será que é verdade?

– Pode ser. A gente cá do mato não sabe nada.

– Disse que foi o Juscelino que fez isso.

– Então deve ser verdade. Eu não sei não.

– Esse povo só vive inventando lei.

Menino, estudante, trabalhador

Naquela tarde, Juvenal leu versos de literatura de cordel. Era um estudante. Maurilo e João Carlos chegaram cansados. Maurilo falou:

– Tá no bem-bom, hem, Juvenal?! A vida que você queria. Quer estudar pra não trabalhar.

– Vou começar a catar algodão na semana que vem. Quero estudar porque é bom. Mentira sua que é pra não trabalhar.

– É pra não trabalhar sim – João Carlos tentou confirmar.

– Que nada.

Vovô Amaro perguntou:

– Como foi a escola, doutor Juva?

– Boa. Seu Tiago falou que vai me dar o material. Até o livro de leitura.

– Então o professor é gente batuta mesmo! E eu vou trabalhando no seu lugar.

– Na semana que vem já começa a cata de algodão e depois da escola eu vou pra roça, vô.

– Certo.

O pai falou:

– Neste fim de semana a gente vai colher o nosso arroz. No sábado, depois da escola, você vai pra roça, Juvenal. Vou arranjar mais gente pra ajudar. Vamos cortar no sábado e bater no domingo.

•

Climério pensou em levar o Juvenal para a roça no sábado de manhã, mas como era a primeira semana de estudos e o menino já tinha faltado dois dias, resolveu deixar que ele fosse trabalhar somente à tarde.

Quando o menino chegou à roça, boa parte do arroz já tinha sido cortada. Pegou um cutelo e assobiou.

– O estudante – um peão disse.

– Cortador de arroz – Maurilo debochou.

– A gente começa assim mesmo – o homem continuou. Era um baiano chamado Silvestre, solteiro, andarilho das lavouras. – Você tá novo. Se quiser estudar mesmo como o povo fala por aí que você gosta, é só ir em frente.

– Falam que vão fundar o ginásio em Aldeota – Juvenal disse com um brilho de esperança nos olhos.

– E você vai estudar o ginásio, Juvenal? – João Carlos perguntou.

– Sei lá. Pretendo.

– Coitado.

– Ah, eu viro homem. Professor Tiago me deu o material de escola hoje. Falou que eu devo lutar muito. Estudar até não poder mais. Quinta-feira eu escrevi uma narração que ele gostou muito.

– É isso aí, menino. Não faz que nem os filhos do Pedro Sousa não. Os meninos saem pra escola, escondem no mato e depois voltam dizendo que não tiveram aula – Silvestre falou.

– Eu sei disso.

– Já levaram uma surra cada um esta semana. Começaram com isso de novo e o pai soube. Pegou os dois no mato na beira da estrada. Aqueles não vão pra frente nada não.

Trabalhar não era problema para o Juvenal. Estava todo satisfeito. Pensava nos cadernos que tinha recebido do professor. Tinha recebido até uma caneta que tinha uma bombinha fixa e não precisava molhar no tinteiro. Nunca tinha visto aquele tipo de caneta. Naquele tempo os alunos carregavam tinteiros para a escola e escreviam molhando a pena na tinta. De vez em quando um tinteiro virava e tudo ficava pintado de azul. A capanga do Juvenal tinha uma mancha azul de tinta. O livro de leitura ainda não tinha chegado a Aldeota.

– Vou ganhar até o livro de leitura. Vai ser bom demais!

– Então você gosta muito de ler, Juvenal?

– Ah, isso eu gosto, Silvestre.

– Então vou te dar um presente.

– O quê?

– Depois você vai ver. Por enquanto é segredo.

•

No domingo foram para a roça bater o arroz. Juvenal mostrava alegria. Os irmãos estavam revoltados. O pai podia deixar para colher o arroz durante a semana. Domingo era feito para o descanso. Aldeota ficava movimentada e havia jogo de futebol. E o pai inventava aquilo.

– Ele inventou isso pra fazer o Juvenal trabalhar no domingo – Maurilo disse num tom acusativo. – Ele é o culpado disso.

Juvenal olhou e se afastou sem dizer nada.

Um livro! Que presente!

O baiano Silvestre chamou o Juvenal e disse:

– Aqui o seu presente, menino.

Era um livro de capa grossa, velho. O menino mostrou muito brilho nos olhos. Leu: SELETA DA LÍNGUA PORTUGUESA.

– Preciso pagar nada não, Silvestre?

– Já viu pagar presente? Só se for imposto.

– Muito obrigado, então.

Estava até emocionado. Assim que teve tempo, começou a folhear o livrão. Havia ali o início da língua portuguesa. Palavras estranhas. Depois encontrou Camões: trechos dos *Lusíadas* como 'A morte de Inês de Castro' e 'O Gigante Adamastor'. Leu a biografia e passou a saber o valor de Camões. Nunca tinha ouvido falar no poeta. Ficou intrigado quando encontrou Bocage. Não era um contador de piadas qualquer? Em Aldeota havia gente que contava piava dizendo ser de Bocage. Quando leu o nome EÇA DE QUEIROZ, pensou que fosse uma mulher. Nome esquisito de mulher! E então começou a conhecer os escritores portugueses em primeiro lugar. Mas logo viriam Gonçalves Dias, Fagundes Varela, Castro Alves, Bilac, Machado de Assis. Aqueles poemas eram mais trabalhados e mais difíceis que os versos de literatura de cordel.

– Já leu o livro, Juvenal?

– Um pouco, Silvestre.

— Esse livro é pra você lembrar de mim quando for bem estudado e estiver lá em cima.

O menino olhou com uns olhos de entusiasmo. Será que ele iria realmente estudar? Iria longe nos estudos?

•

O livro de leitura do quarto ano chegou só depois de um mês e meio de aula. Professor Tiago fez uma dedicatória.

A você, Juvenal, estudioso aluno.

Que este livro seja uma luz despertando cada vez mais a sua força de vontade, a sua dedicação aos estudos e a sua luta. Uma luz que ilumine os seus caminhos em busca do saber.

Uma lembrança do professor

Tiago Alentejo.

— Eu sei que você lê sem que o professor peça, Juvenal, mas eu volto a pedir. Leia.

— Vou ler sim, seu Tiago.

Foi para casa danado de orgulhoso. Era alvo da atenção do professor. Precisava estudar cada vez mais. Seu livro de leitura era um objeto de estimação agora. Era uma recompensa de um mágico encantamento.

— Olha o que o professor Tiago escreveu no livro pra mim, mãe!

— Leia, Juvenal.

A mãe também ficou orgulhosa. Juvenal almoçou rapidamente e com a barriga cheia caminhou descalço para a roça. O pai tinha pego um bom pedaço de roça de algodão para catar lá no alto, bem depois do córrego. Climério queria ficar com o seu pessoal num eito separado. Ninguém de sua família devia ficar conversando em vez de catar algodão.

— Amanhã você não vai pra escola não, Juvenal. Tem de faltar pelo menos um dia por semana pra ajudar aqui. A gente tem de aproveitar essa catação, que é um tempo de ganhar dinheiro.

— Sei.

O jacá entre as linhas do algodão encapuchadamente branco. As mãos trabalhando sem parar. O sol ardia. Chapéus de palha grandes movendo-se. Abaixando e erguendo. Vovô Amaro meio feliz. Uma garrafa de pinga escondida no mato. Isso era para dar entusiasmo.

– Tá um cheiro de pinga! – Climério disse. – Ou é álcool?

Vovô Amaro espiou que nem cachorro com medo. Mordeu os lábios e foi se afastando.

Pela madrugadinha saíram. Juvenal tinha mudado o caminho. Um dia só não tinha importância, embora prejudicasse e ele tivesse de copiar a matéria do Toninho.

– Depois da cata do algodão, o serviço vai maneirar, doutor Juva. A escola tá boa, não tá?

– Tá, vô. Boa demais.

O pai vinha caminhando um pouco atrás. Chegando à roça, falou:

– Aquele negócio de lei que o professor Tiago falou, eu acho que é mentira. Ninguém em Aldeota sabe disso não.

– Que lei, Climério? – vovô Amaro perguntou, fazendo-se de esquecido.

– Que o pai precisa mandar o filho pra escola até tirar o diploma primário.

– Isso é verdade. Aqui em Aldeota ninguém sabe de nada. Esse pessoal só liga o rádio pra escutar caipira tocando viola e cantando moda sertaneja.

– No segundo semestre, o Juvenal, sei não, é capaz de sair dessa escola...

– E no segundo semestre tem lá muito serviço por aí, Climério?

– Vou pegar arranca de toco.

– Besteira, homem. Será que não quer ver nem um filho tirando o "deploma"?

– Tanto faz diploma como não. Tudo é uma coisa só. O Juvenal não vai trabalhar na cidade mesmo.

– Sabe lá?

– Eu sei.

Juvenal ouviu sem dizer nada. O dia ainda não estava claro e já a cata do algodão se iniciava. O menino ficou imaginando coisas. O difícil estava sendo tirar o diploma primário. Se conseguisse, era só esperar mais algum tempo, atingir dezoito anos e ir embora para São Paulo.

Você quer ir para São Paulo comigo?

– Por que você faltou ontem, Juvenal?

– Fui catar algodão pro papai, seu Tiago.

– Certo. De vez em quando não faz mal.

De vez em quando professor Tiago pregava a sua filosofia. Queria que todos continuassem a estudar. Ninguém devia parar. Juvenal ficava pensando! Como iria estudar? Até o primário estava difícil para terminar!

Agora, toda semana tinha de faltar um dia para catar algodão, do clarear ao escurecer. Levava o livro de leitura para a roça, escondido. Na verdade, não tinha tempo para ler. O pai estava por ali, fiscalizando todo o tempo. Achou o livro embrulhado numa folha de jornal.

– Trouxe livro pra roça, Juvenal?

– Eu peguei sem ver.

– Isso aqui não é escola não.

– Deixa o menino, Climério! Que implicação boba!

– Aqui é serviço. É suor, seu Amaro.

•

Nas duas últimas semanas da cata do algodão, Climério fez o menino faltar à escola dois dias.

– A gente precisa aproveitar.

Juvenal trabalhava com o sentimento lá no Grupo Escolar de Aldeota. Professor Tiago explicando com paciência, com dedicação. A voz dele enchendo o mundo de ensinamentos.

•

– Faltando assim, você fica meio prejudicado, Juvenal.

– Por causa da cata do algodão que tá acabando e o papai quer aproveitar. Ele tá querendo me tirar da escola no segundo semestre.

– Isso ele não vai fazer. Será que o seu pai não entende o quanto o estudo será útil para você?

– Entende não.

– Você tem de aproveitar a sua inteligência. Mesmo faltando assim, veja só como você consegue as melhores notas e tem interesse em aprender coisas que eu nem falo na classe. Estude, Juvenal. Lute o quanto puder. Você poderá ser o dono do seu destino logo. Passe fome por esse mundo, mas estude. Se você quiser ir embora para São Paulo comigo no fim do ano, eu posso levá-lo. Você vai trabalhar e estudar. Vou ficar aqui só este ano. Pensei até em voltar pra casa no segundo semestre, mas vou terminar este ano aqui. Você quer ir pra São Paulo comigo?

– Se o papai deixar.

– Não fale nisso com ele agora, não. No segundo semestre eu converso com ele.

O entusiasmo do menino vibrou feito um oceano inquieto. Haveria de estudar, sim. Haveria de usufruir as maravilhas do saber de que o professor Tiago tanto falava.

•

Junho chegou com o seu tempo seco, empoeirado e frio. Julho chegou mais feio ainda. Professor Tiago viajou para São Paulo. Aldeota ficou mais parada ainda sem a movimentação dos alunos.

– Peguei uma lavoura de algodão pra arrancar – Climério falou.

As férias do Juvenal começavam com um enxadão. Ferramenta pesada batendo no chão seco. Por enquanto o pai não tinha tocado ainda naquele assunto de ele não voltar para a escola no segundo semestre. Vivia numa expectativa medrosa. Em Aldeota correu uma notícia desagradável para ele. Estavam dizendo que o professor Tiago não iria voltar. Leôncio explicou:

– Vai continuar estudando pra advogado, Botina Velha. Dona Mariângela vai substituir ele.

– Quem falou?

– Todo mundo.

– Não pode!

– A dona Mariângela também gosta de você, Botina Velha. E com ela você pode passar em primeiro lugar, mesmo faltando muito. Você viu que o Medina tirou nota mais alta que você em junho. Aquele Pé-de-Burro é danado. Só vive estudando. Tem tempo. Não vai pra roça igual você, não.

Joel Medina era mesmo um bom aluno. Não era tão curioso quanto o Juvenal, mas costumava devorar as matérias da escola. Uma vez, numa aula, professor Tiago fez uma pergunta de português ao Juvenal e ele não soube. Medina levantou o braço e respondeu com sabedoria, corando até de orgulho. Juvenal ficou desapontado.

– Precisa estudar, Juvenal – o professor disse com brandura. – Eu não preciso marcar os pontos para o bom aluno estudar não. Ele sabe que o dever dele é estudar sempre. Eu sei que você trabalha muito.

O menino ficou sem jeito, encabulado. Prometeu que não iria passar muito tempo lendo poesia como gostava de fazer. Já tinha decorado tanto verso! Em silêncio, prometeu que precisava se dedicar mais.

Junho não foi bom. Ficou sentido. Era a falta de tempo para estudar. Tinha feito uma boa composição. A melhor da classe. Professor Tiago tinha elogiado, mas não o chamava de "o escritor da classe", como fazia a dona Mariângela.

Agora, se o professor Tiago não voltasse mesmo, ele iria perder muito da sua força para continuar estudando. Esperava que a professora Mariângela convencesse o pai a deixá-lo prosseguir nos estudos. Estava apreensivo. Pegou o livro de leitura. Leu aquela dedicatória feita pelo mestre. Leu muitas e muitas vezes. Como era bom ser reconhecido como uma pessoa de valor! Seria uma imensa frustração se o professor não voltasse.

Mês de julho de pés de vento, que aumentavam em agosto com redemoinhos e mais redemoinhos. Nos fins de semana, ou mais propriamente no domingo, aproveitava para ler. Devorou a *Seleta da Língua Portuguesa*. Havia tantos termos desconhecidos e ele não podia entender. Não sabia nem se existia um livro chamado dicionário. Será onde aqueles escritores tinham achado tantas palavras estranhas, nunca ouvidas em casa ou no seu mundo de caboclos?

Um explodir de inspiração

O pai falou num tom pouco amigável:

– Você vai voltar pra escola agora, Juvenal, mas quando o serviço aumentar, sei não. Já arrendei a nossa roça e logo a gente vai ter muito serviço.

– E vai tirar o menino da escola quando ele tá quase terminando, Climério? – a mãe perguntou.

– É bem capaz, Altina.

– Professor Tiago vai agir com a lei... – Vovô Amaro falou.

– Esse professor nem vai voltar mais aqui em Aldeota, seu Amaro. Falaram que ele estuda pra "adevogado" também e vai ficar em São Paulo. Tem nada dessa lei que ele falou não. João Pingueiro disse que ele falou isso pra o Juvenal estudar e dar ponto pra ele. Sei disso.

– Sabe nada, Climério.

– Eu não sabia se eu andasse só atrás da cachaça.

– Agora o Juvenal precisa terminar o grupo, Climério – Altina voltou a insistir.

Climério não disse mais nada. Foi saindo. O velho e a filha ficaram conversando.

Chegando à escola, Juvenal soube que o professor Tiago estava lá.

– Botina Velha.

– Quer parar de me chamar disso, Leôncio? Nunca te dei essa confiança. Me respeita como eu te respeito.

– Só porque tá pensando que vai pra São Paulo com o professor Tiago? Caboclinho importante!

Professor Tiago apareceu no pátio com sua alegria e o seu otimismo. Estava com um paletó cinza. Naquele tempo os professores costumavam lecionar de paletó. Juvenal estava um tanto feliz. Lá estava o mestre que representava um grande incentivo na sua vontade de estudar.

– Falaram por aí que o senhor não ia voltar mais, professor Tiago.

– Quem falou isso, Leôncio?

– Correu boato.

– Foi um boato sem fato. Não volto no ano que vem. Vou terminar meu curso de advogado. Vim para cá para conhecer o interior. Tem sido uma bela experiência.

Esse papinho foi na classe. Quase na hora da saída, o professor parou ao lado do Juvenal e disse em voz baixa:

– Juvenal, na saída, passe lá na casa onde eu moro, certo?

– Sei.

Só ouviram isso os alunos que estavam sentados ali perto. Ficaram curiosos. Toninho cochichou:

– Será pra quê, Juvenal?

– Sei não.

•

Professor Tiago não morava longe da escola. Juvenal caminhou ao lado do Toninho. As irmãs e o irmão ficaram esperando na esquina.

– Três livros de presente pra você, Juvenal.

– Obrigado, professor.

– Nem preciso pedir pra você ler. São bons.

– Vou ler.

Toninho esperava lá perto da casa. Os livros eram: *Cazuza*, de Viriato Correa, *Boi Aruá*, de Luís Jardim, e *Caçadas de Pedrinho*, de Monteiro Lobato. Juvenal vibrou de alegria.

– Quero ler esses livros também, Juvenal.

– Depois eu te empresto, Toninho.

Cada livro com uma dedicatória diferente:

O saber é um rio que fecunda as plantações do cérebro, mas quem não sabe cuidar de suas terras com o estudo, pouco produz.

Juvenal, a maior riqueza do homem é eliminar a ignorância com a lapidação do diamante do cérebro até chegar ao brilho do saber.

Juvenal, adube a lavoura do seu cérebro com força de vontade, dedicação, paciência e entusiasmo, e a colheita das lavras da sua luta será o maior prêmio da sua vida.

O menino sentiu um explodir de inspiração. Haveria de estudar. Era belo demais tudo aquilo.

Naqueles dias ficou perplexo diante de uma situação. Um rapazinho de dezessete anos, filho de um homem bem de vida de Aldeota, estava abandonando os estudos para casar no ano seguinte. Estava terminando o ginásio em São José do Rio Preto.

– O Evandro tá parando de estudar, professor!

– É o maior atraso da vida dele, Juvenal. Um menino ainda.

Como podia acontecer uma coisa daquelas?! O pai do Evandro tinha alguma coisa e fizera de tudo para o filho estudar. E ali estava o rapazinho só pensando em namorar, ir ao cinema e andar à toa. No futuro a vida não deveria ser tão fácil como era agora...

O Juvenal vai pra São Paulo com o professor?

Em Aldeota começaram a correr boatos de que o professor Tiago iria levar o Juvenal para São Paulo no fim do ano. Aquele menino iria trabalhar durante o dia e estudar à noite. Tais boatos foram parar nos ouvidos do Climério. O homem falou inchando o pescoço:

– Quem falou que o professor Tiago vai te levar pra São Paulo, Juvenal? Hem?

– Sei disso não, pai.

– O povo tá falando isso aí em Aldeota. Tô deixando você estudar por causa do seu gosto e agora ele vem com essa? Eu tiro você da escola quando eu quiser. Não vão pegando com muita coisa pro meu lado não, hem?

Juvenal ficou em silêncio. Vovô Amaro soltou um espirro no terreiro, onde estava olhando para o Sol em busca de luz para disparar espirros com mais facilidade.

– Se o professor quisesse mesmo levar o Juvenal pra São Paulo pra ele estudar e trabalhar, era um prêmio pra ele, Climério. Um homem de estudo que nem o professor, Climério, tá dando atenção pro seu filho e você não acha bom não? Onde já se viu uma coisa dessa, gente?!

– E eu preciso de alguém pra cuidar dos meus filhos, seu Amaro?

– Pra cuidar não. Pra ajudar. Pra favorecer. O professor sabe que o Juvenal é inteligente. Quer ajudar ele.

– Não precisa. A gente vai fazer uma lavoura maior este ano e vai melhorar a vida.

– O Juvenal nasceu pro estudo, Climério. Raaatchim!

– Sei lá...

– Ele tem cabeça. Lê que nem pessoa que fala em rádio.

– Isso é passageiro. O que dá lucro é plantar uma lavoura boa e fazer uma colheita ótima. Esse estudozinho não vale nada. Aqui em Aldeota não tem mais estudo e pra longe ele não vai...

Amaro sentiu que o genro cedia um pouco às pretensões do filho na sua vontade de estudar.

– Mas ele pode ir pra uma cidade grande, Climério! Se o professor quiser levar mesmo...

– Daqui de casa ele não vai sair. Isso é conversa fiada.

– Homem da cabeça de pedra.

Climério saiu raspando a garganta. Foi pela estradinha esburacada que não podia ser chamada de rua. Lá na frente, Maria Vendeira perguntou:

– O Juvenal vai pra São Paulo com o professor, seu Climério?

– Quem falou isso, dona Maria? Ele tem pai.

Foi a primeira pergunta que o João Pingueiro fez quando aquele homem entrou no seu boteco.

– O professor vai levar o Juvenal pra São Paulo mesmo, Climério?

– Isso é conversa pra acordar galinha no poleiro. O Juvenal vai tocar roça comigo no ano que vem. Já tô dando muito estudo pra ele. Tá acabando o primário e pronto.

E em muitos lugares de Aldeota a mesma pergunta foi feita. Todo mundo aconselhando que o pai deveria deixar o filho ir para São Paulo com o professor.

– É um futuro ótimo pro Juvenal, seu Climério.

O homem voltou para casa com a cabeça quente. Se o professor fosse falar sobre aquilo com ele, não teria boa resposta. Jurava que não. E, se pegassem com muita coisa, ele tiraria o filho da escola naquele fim de outubro mesmo.

A queda do vovô Amaro

Quando esses boatos aconteciam e algumas chuvas de novembro caíam no calor da terra, vovô Amaro estava bebendo muito. De vez em quando pedia ao Juvenal para ler versos que ele queria ouvir. Gostava mais dos versos simples de literatura de cordel, pois conseguia entender.

– Os versos do cangaceiro. O Lampião, doutor Juva.

O menino lia. O velho ficava escutando com atenção. Fazia seus comentários naquela linguagem bem sua.

– Eh, bicharedo! O "caboco" aí é um trem de brabo!

A filha não gostava que vovô Amaro saísse de casa. Naqueles dias ele andava ainda mais perdido.

– Pai, o senhor não vai sair pra beber pinga.

– Que beber pinga que o quê, Altina. Vou prosear com os meus amigos.

Cheirava seu rapé e esperava a explosão do espirro. Nos dias chuvosos, quando não ia trabalhar, é que mais fumava e mais queria beber.

– Pra você receber o seu "deploma", Juva, eu vou te dar um par de sapatos com meias. Já ouviu?

– É, vô?!

– Você nunca calçou sapato. Só botinão. Marrom ou preto?

– Preto.

– É pra calçar na festa. Quero ver. Vai ganhar o prêmio ou não vai?

– Sei não, vô.

– Sabe.

•

Num dia meio chuvoso, à tardinha, quase escurecendo já, um menino pretinho apareceu correndo e chamando:

– Juvenal! Juvenal!

– O quê?

– Seu avô tá caído num buraco ali na frente. Acho que bebeu muito e vinha embora e caiu e não dá conta de levantar.

– A molecada tá jogando pedra nele?

– Não.

Juvenal correu. Vovô Amaro estava de bruços em cima de uns papéis molhados, latas velhas e até cacos de garrafa.

– Vovô! Vovô! Levanta, vovô!

O menino puxou o velho, sacudiu. Era um molambo. Nem sinal de vida. Frio que nem a morte. Os olhos fechados. Parecia não haver mais respiração. Um carroceiro conhecido parou a carroça.

– Ele não agüenta andar não, Juvenal?

– Não – Juvenal respondeu com receio. Vovô Amaro parecia estar morto. Que friagem era aquela? Que jeito ausente de tudo era aquele?

O carroceiro pulou no chão e examinou o velho. Olhou para o menino com um jeito de espanto que misturava com seriedade. Juvenal interrogou com os olhos. O homem disse:

– Seu avô tá morto, Juvenal.

Juvenal pôs a mão esquerda na boca. Não soltou um grito, nem um soluço. Também não deixou cair nenhum pranto no momento. Tentou fazer-se de forte. Levantou-se e olhou pelos arredores. O pretinho gritou:

– Seu Amaro morreu – e saiu correndo para dizer na casa do Climério. E foi dando a notícia a quem encontrava.

Mais pessoas foram chegando. Puseram o corpo do velho na carroça. Quando Altina chegou chorando, já estavam levando o pai dela.

– Eu sempre falava que ele não devia sair de casa...

Ao ver a mãe chorando, Juvenal começou a chorar também.

Tudo ficou muito triste. Era daquela tristeza que vem com a noite chuvosa, de ventos chorões e tudo fica chorando. Quem não deixa cair dos olhos o pranto de sal, chora por dentro. Por algum tempo Juvenal ficou sem entender o mundo. O avô iria lhe dar um par de sapatos pretos com meias para a festa do diploma. Queria muito ir à festa e ouvir a cantoria dos alunos se despedindo. Queria vê-lo homem estudado. Como é que podia morrer assim daquele jeito? Parece que não estava bem na hora não!

Professor Tiago chegou com uma capa de chuva, as pernas da calça arregaçadas. Conversou com o Juvenal no quarto.

– Eu sei que você queria muito bem a seu avô. Sei que ele era uma força de estímulo para a sua vontade de estudar. Mas a vida é assim mesmo. Eu perdi o meu pai quando estava na sua idade. Continue firme, Juvenal. Todos nós devemos morrer lutando. Seu avô era um lutador.

– Sei – soluçou.

– Depois vou falar com o seu pai pra ver se ele deixa você ir comigo pra São Paulo. Você vai morar em casa, com a minha mãe. Ela vai gostar. Você não pode parar de estudar.

– Sei.

Passou a noite e veio um dia de sol. Os pássaros pretos se agitaram nas mangueiras e o sino badalou na igreja. Por iniciativa do professor Tiago, todos os alunos foram ao enterro do vovô Amaro. Foram cantando hinos religiosos. Juvenal não conseguiu cantar. Foi chorando. Tudo tinha ficado de uma tristeza afogada por lágrimas salgadas demais para ele.

A gente é povo da roça

Juvenal sentiu a noite vestir Aldeota de luto. Mas veio o sol e os pássaros da vila gorjearam suas canções de trinados e o dia embalou a realidade de que tudo que vive morre um dia. E outras noites chegaram com ventos menos chorões e outros dias sorriram seus sorrisos de sol e a natureza ensinou que a dor é como a seca que fere, machuca muito, mas que, com o bom tempo, deixa somente aquela saudosa e dolorida lembrança.

Climério permitiu que Juvenal fosse ralear algodão numa lavoura lá no alto, depois do córrego.

– O dinheiro é pra você comprar o sapato pra festa do diploma, Juvenal.

– Sei.

Juvenal tinha sempre trabalhado para o pai. Agora ganhava esse prêmio. Foi para a roça com muito entusiasmo. Não iria à festa da entrega dos diplomas com aqueles botinões que já estavam bem surrados.

A raleação do algodão era um serviço danado de ruim. As linhas ficavam exageradamente cheias de pés e então, para um bom desenvolvimento, muitos pés tinham de ser arrancados. Aquilo dava uma dor na espinha pra deixar zonzo.

Ao arrancar os primeiros pés de algodão, Juvenal lembrou-se do avô. Não iria receber o par de sapatos do velho, mas ele próprio iria poder comprar. Leôncio não iria ter o prazer de chamá-lo daquele apelido que o fazia corar de vergonha.

•

Outra noitinha professor Tiago chegou à casa do Juvenal.

– Senhor Climério?

– Oi.

O homem respondeu na cozinha. Coçou a cabeça, desconfiado. Olhou para a esposa. Juvenal era seu filho, um menino... Quem falou que ele iria deixá-lo ir para São Paulo?

– Como vai a roça, senhor Climério?

– Tá boa demais.

O professor sentiu a mão calejada do lavrador.

– Vocês, os lavradores, são a salvação do estômago de cada um. O Brasil só precisa de uma agricultura mais desenvolvida, mais mecanizada e então será o celeiro do mundo.

– É verdade. Um cafezinho, professor?

– Aceito.

– Tá acabando o ano do senhor aqui em Aldeota, hem?

– É. Gostei muito. Eu só conhecia quase que de São Paulo pra lá. Andei pelo litoral do Brasil. Foi uma bela experiência aqui.

– Quer dizer que o senhor gostou?

– Foi muito bom.

– Vai voltar no ano que vem?

– Não. Vou continuar estudando.

– Mas ainda precisa de mais estudo?

– A gente precisa estudar sempre. E é por isso que eu vim aqui falar com o senhor sobre o Juvenal. Seu filho tem uma inteligência muito bela. É uma inteligência que deve ser aproveitada. Eu vim aqui na tentativa de ver se o senhor queria deixar o Juvenal ir comigo para São Paulo. Ele iria morar com a minha mãe, na minha casa. Iria trabalhar durante o dia e estudar à noite. O senhor não precisa se preocupar com nenhum gasto. Eu arranjo tudo.

– Não, seu professor. Isso não. Posso não. Longe de casa não. Preciso dele na roça. Se tivesse estudo aqui em Aldeota pra ele, até que...

Coçou a barba e parou de falar.

– O senhor não acha que isso vai ser muito bom pra ele, senhor Climério? Ele está na idade de aproveitar.

– A gente é povo da roça. Negócio de estudo é pra quem pode, professor. O menino me ajuda. Já fez o grupo. Tá bom demais.

– Numa cidade grande todo mundo pode estudar, senhor Climério. É só ter força de vontade e querer. O senhor não acha que no futuro o Juvenal poderá ajudar muito mais o senhor e a sua família com o estudo?

– Sei não, professor. Se fosse aqui em Aldeota...

– Quer dizer que o senhor não permite mesmo?

– Deixo não. Pode ir não.

– É uma pena. Uma grande perda. A melhor coisa então pra ele não se sentir totalmente frustrado é arranjar um curso por correspondência.

– Como é a palavra que o senhor falou aí, professor? Fusss...

– Frustrado.

– Eu já escutei essa palavra antes e fiquei barafundado. O que quer dizer isso, sô professor?

– Quer dizer desapontado, desiludido, decepcionado. É um sofrimento de desilusão que a pessoa tem.

– Mas o Juvenal não vai sofrer desilusão nenhuma não, professor. Isso aí é uma vontade boba, passageira.

– Não, senhor. É um sentimento de realização da vida dele. O Juvenal tem uma visão do futuro. O cérebro dele tem muita luminosidade.

– Então ele é inteligente mesmo, professor?

– Mais que isso, é aplicado.

– O finado avô dele falava que esse menino tem cabeça de verdade.

– Ele precisa estudar, senhor Climério.

– Mas deixo ele sair de casa não, sô professor.

– O senhor é o pai. Tem o poder de iludir e desiludir...

– Pra São Paulo não. É longe...

Vem chegando a hora...

Naqueles dias festivos de final de ano Juvenal estava triste.

Aquela tristeza calada escrita no rosto. No próximo ano estaria ausente de uma casa de ensino. Teria somente as ferramentas da roça e aquela esperança de virar homem adulto e ir para São Paulo.

– Não consegui convencer seu pai, Juvenal.

– Ele não deixa não. Mas quando eu completar dezoito anos, vou embora de casa.

– Vai mesmo. As coisas pra você não serão fáceis. Mas, se você usar a sua força de vontade ao lado do entusiasmo da luta, um dia vencerá. Isso vai lhe custar muito caro, pelas circunstâncias da sua vida, mas, se você vencer, o seu triunfo terá um sabor especial. Dedique-se com toda a seriedade, com toda a sinceridade para consigo mesmo e você conseguirá o que quer. Falam que vão fundar um ginásio aqui em Aldeota e talvez isso aconteça mesmo nesses próximos dois anos. Faça um curso por correspondência.

•

Depois dos exames, num dia de clima descontraidamente festivo, professor Tiago deixou a classe sozinha e passou algum tempo na diretoria. Os alunos estavam naquela expectativa sofrida. Alguns temiam a reprovação. Não havia segunda época no curso primário naquele tempo. Quase todo mundo estava agitado. Juvenal, quieto, pensativo.

– Tá aí calado e jururu da silva, Botina Velha – Leôncio falou, dando-lhe um tapa na nuca. – Tá pensando que o Medina passou em primeiro lugar? E passou mesmo.

– Vá latir com cachorro, Juba.

Juvenal estava triste porque alguns de seus colegas iriam estudar em outras cidades e ele não. Tudo estava terminando. O próprio Leôncio iria para o Dom Bosco de Monte Aprazível. Mas, naquele momento, pensou também no tal primeiro lugar. Queria ser o primeiro, embora escondesse aquela vaidade, sempre dizendo que não se importava com aquilo. Naquele segundo semestre ele tinha estudado à beça. Tinha estado sempre na frente de Joel Medina. Tinha lido o que podia. Sabia tudo sobre os pontos de História e Geografia. Qualquer pergunta daqueles pontos ele respondia no estalo. O Português era mais embaraçoso, mas ele respondia. Certas coisas de gramática eram muito vagas e áridas para ele. Os problemas de aritmética ele resolvia com facilidade. Achava que tinha escrito uma composição mais ou menos boa, não a melhor. Joel Medina poderia ter escrito uma composição melhor? Será? Se não tivesse passado em primeiro lugar, vovô Amaro, em espírito, iria ficar um pouco desapontado e triste.

Professor Tiago entrou na classe com um sorriso largo e falou:

– Passaram todos.

Raaaaa. Rô. Foi um fuá. Os alunos se levantaram e bateram palmas e aplaudiram a si próprios. Zezão, que temia ser reprovado, bateu nas costas do Juvenal e falou com sua voz grossa:

– Nem acredito que passei, Juvenal! E você aí que nem coruja triste no ombro de imagem de santo.

Juvenal era o único que não participava da algazarra sadia dos alunos. Estava pensando no futuro. Tinha vencido muito pouco nos estudos.

– E quem passou em primeiro lugar, seu Tiago? – Leôncio perguntou.

– Não sei.

– Não sabe, professor?!

– Ainda não.

•

Espalhou-se por Aldeota que o Joel Medina tinha passado em primeiro lugar. Juvenal soube disso na sexta-feira à tardinha. Ficou decepcionado, mas não disse nada.

No sábado, dia da festa da entrega dos diplomas, foi comprar o seu primeiro par de sapatos.

– Botina Velha, me espera aí.

Leôncio deu uma corridinha pela rua empoeirada.

– Como você foi deixar o Joel passar em primeiro lugar, aquele Pé-de-Burro?

– É porque ele mereceu, né?

– Onde 'cê vai?

– Por aí.

– Tá preparado pra ler o discurso?

– Tô. Já li pro seu Tiago ouvir.

– O cinema vai ficar cheinho. Vai tremer não.

Joel Medina vinha pela calçada com duas mangas na mão esquerda, puxando uma irmãzinha entre dois e três anos com a mão direita.

– Oi, Juvenal.

– Oba.

– Quer uma manga?

– Quero.

Toninho, o filho do barbeiro da rodoviária, vinha depressa.

– Quero a outra manga pra mim, Joel. Você passou em primeiro lugar, não foi?

– Tão falando isso por aí.

É, então o Joel Medina tinha mesmo passado em primeiro lugar. Mas professor Tiago não tinha dito nada a ninguém. Será que alguma notícia tinha escapado da diretoria?

Toninho ajudou o Juvenal a escolher o par de sapatos e as meias. O filho do Climério foi para casa um pouco abatido. Não tinha passado em primeiro lugar! Se o vovô Amaro estivesse vivo, naquela noite no cinema, iria ficar triste.

Pelo anoitecer, calçou as meias. Achou que os pés estavam num luxo danado. Calçou os sapatos. Ficou com dó de pisar no chão. Ao caminhar, parecia tropeçar em tudo. Achava até que as pedras, cacos de telhas e tijolos estavam querendo dar trombadas nos seus sapatos.

– Olha o Botina Velha de sapatos, molecada!

Leôncio gritou isso na porta do cinema. Toda a molecada olhou. Juvenal ficou todo constrangido.

Climério disse que não iria ao cinema ver a entrega dos diplomas. A mãe chegou com a sua simplicidade. Os irmãos também.

– Mãe, a senhora vai sentar ali. É a parte dos pais – Juvenal falou e levou a mãe.

Tudo era festa no palco do cinema. Os canudos dos diplomas em cima de uma longa mesa coberta de branco. Cantaram o Hino Nacional. O prefeito fez um discurso bem curto e chamou o primeiro diplomando. Juvenal foi o décimo segundo a ser chamado. E ao seu nome o prefeito acrescentou: "PRIMEIRO LUGAR".

Choveram palmas. Joel Medina, que ainda não tinha sido chamado, ficou desapontado. Os pais daquele menino também. Juvenal subiu no palco. A mãe dele estava chorando, mas ele não via, e sorria lá em cima. Climério estava lá no fundo do cinema, de pé, os olhos arregalados, coçando o queixo. Juvenal não via o pai também.

Depois os diplomandos começaram a cantar:

Quando amanhece o dia no meu rincão,
parece que a natureza tem coração.

Quando é noite de lua,
A tristeza me vem, ai-ai.
São saudades da minha escola
Que muito longe vai.

Vem chegando a hora...

Juvenal sentiu um nó na garganta. Era uma emoção de cortar a voz. Vovô Amaro deveria estar contente, onde quer que estivesse. Até ali tudo tinha se realizado, mesmo através das asperezas para se chegar à luz mais plena dos astros.

A esperança tinha o verde das lavouras. Para Juvenal, as coisas seriam muito difíceis. Era ainda um adolescente. Foi lavrar suas lavras até chegar sua vez. Depois de três anos fundaram o ginásio em Aldeota, quando aquele menino já virava homem e se preparava para ir embora. E ali no ginásio de Aldeota pegou a sua estrada de livros e mais livros e nunca mais parou.

O autor

Meu nome completo é Jair Geraldo Vitória. Nasci num lugar que era considerado sertão naquele tempo, 1943, no município do Prata, Minas Gerais. Meus pais eram sertanejos e não frequentaram escolas. Meu pai, Ernestino Rodrigues Vitória, domador de cavalos e burros redomãos e trabalhador de qualquer serviço da roça; com força de vontade aprendeu a arranhar alguma leitura e a fazer contas. Minha mãe, Omária Vitória, aprendeu a ler nos livros da igreja e chegou a ler algumas histórias que escrevi. No Triângulo Mineiro morei nalgumas fazendas onde meu pai trabalhava e guiei bois de carro a partir dos 5 anos. Com 7 anos de idade mudamos para uma vila ao norte de São Paulo, chamada Vila do Veadinho do Porto, hoje Riolândia, que já foi capital do algodão. Comecei o curso primário, mas tive de interrompê-lo por duas vezes para trabalhar na roça. Ali aprendi a gostar de ler e sentir encantamento pela leitura. Aos 12 anos, mudei com minha família para o município de Cardoso, encostado a Riolândia. Fomos morar numa fazenda selvagem, de roça de toco, e a escolinha da roça fechou quando passei para o terceiro ano primário. Somente aos 15 anos entrei no terceiro ano em Cardoso, onde terminei o primário. Nessa época, ler era uma paixão. Estudei um pouco por correspondência. Quando aconteceu o fato extradordinário da fundação do ginásio em Cardoso, aproveitei a oportunidade já pelos 19 anos e cursei o que se chama hoje de terceiro e quarto ciclos do ensino fundamental. Ao terminar fui para a capital trabalhar de datilógrafo e fazer o segundo grau à noite. Estudei Letras (Português-Inglês) na Universidade de São Paulo porque já gostava de lecionar e também para viver no mundo da literatura. Meus primeiros contos e algum romance escrevi quando ainda estava cursando o segundo grau. Consegui publicar meu primeiro livrinho, *Cuma-João*, de contos, em 1976. Em 1978, mudei para Brasília e ingressei na Fundação Educacional como professor de inglês num Centro de Línguas. Tenho estado escrevendo constantemente, amontoando romances e coleções de contos. No Distrito Federal e às vezes fora tenho feito muitas palestras para alunos, quando me convidam e posso ir. Falo sobre a criação literária, a importância da leitura e o prazer literário, respondo a perguntas, leio poemas que rabisco e conto histórias.

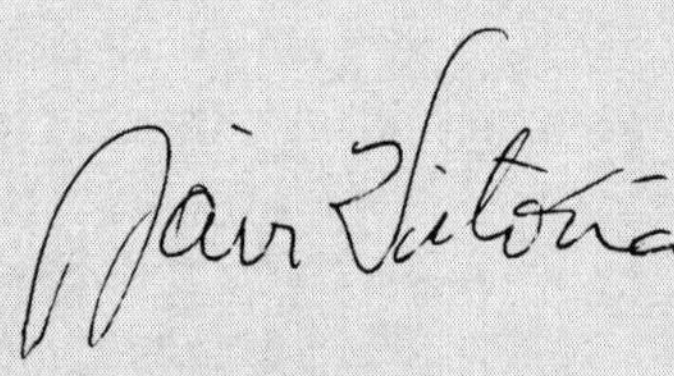

Entrevista

Botina Velha, o escritor da classe é uma narrativa envolvente que conta a história de um adolescente determinado e criativo que luta pela realização de um grande sonho: continuar os estudos, apesar das dificuldades financeiras e da falta de apoio do pai. Agora, vamos saber mais sobre o autor da obra e seu processo de criação.

Conhecendo um pouco de sua trajetória de vida, podemos supor que a história de Juvenal tem muito de sua vivência no campo como filho de lavrador. Como nasceu a ideia de escrever este livro? Como foi seu processo de criação?

- A ideia de escrever um livro muitas vezes nasce sem que o autor esteja esperando. De repente acontece um relâmpago de emoção e isso começa a virar uma história que a imaginação tem necessidade de escrever. Esta ideia nasceu num momento em que a lembrança da meninice fez despertar em meu sentimento a emoção das dificuldades daquele tempo. O processo criativo foi natural, feito um córrego que desliza em seu leito de pedra e a canoinha do pescador vai descendo sem colisão, como se eu estivesse navegando nas cenas daquele tempo, revivendo-as e me emocionando.

Juvenal descobriu sua vocação para escritor com a ajuda da professora Mariângela. E você, quando e como sentiu que seria um escritor?

- Não sei bem quando. Maria Cruz, professora de meu terceiro ano primário, a quem dediquei o livro, me chamou de escritor da classe, dizendo que eu tinha umas ideias, embora criticasse meu português caipira. Só sei que eu já gostava muito de escrever. No início do antigo ginásio (hoje do 3º e 4º ciclos do ensino fundamental), aos 19 anos, comecei a sentir necessidade de escrever.

Pela dedicatória do livro dá para perceber que os professores foram muito importantes na sua vida. Na sua vivência como professor, você já passou pela experiência de exercer uma influência semelhante na vida de um aluno? Você poderia relatá-la para seus leitores?

• Lembro-me de uma menina que dizia não gostar de inglês e depois passou a gostar e virou professora da disciplina. Disse-me que eu fui o culpado. Muitos alunos que estudaram comigo nos Centros de Línguas do Distrito Federal hoje são professores e até trabalham comigo.

Qual foi sua primeira experiência como escritor? Você tem outros livros publicados? Quais?

• O primeiro livro que consegui publicar foi um de contos: *Cuma-João*, pela Ática. Impressos são dezessete livros, mas somente quatro ainda estão circulando. Pela Saraiva: *Surpresas da vida.* Pela Atual: *Botina Velha, o escritor da classe* e *O outro apaixonado por Marília de Dirceu.* Pela Ática: *Zezinho, o dono da porquinha preta.*

Na história ficam muito evidentes as dificuldades que crianças trabalhadoras enfrentam para continuar seus estudos. Qual é sua opinião a respeito?

• As coisas melhoraram muito desde meu tempo de menino, e uma criança realmente esforçada tem mais condições de estudar hoje, mas ainda é muito difícil em certos confins do Brasil. Atualmente é possível ver ônibus rodando por fazendas para transportar os alunos gratuitamente, para uma escola da roça ou para uma cidadezinha. Comparando com meu tempo de menino, isso é um grande privilégio, mas ainda não é o ideal, embora estejamos progredindo.

Sabemos que atualmente o trabalho infantil é proibido por lei e que a educação é um direito da criança. Contudo, muitas crianças são obrigadas a trocar o banco da escola pelo trabalho. De seu ponto de vista, por que isso acontece? Que soluções você apontaria para resolver o problema?

ENTRE LINHAS
SOCIEDADE

Botina Velha, o escritor da classe

Jair Vitória

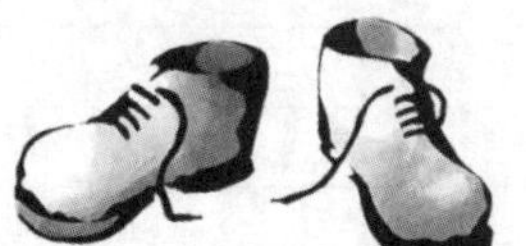

Suplemento de leitura

Juvenal é um adolescente que mora em Aldeota, uma cidadezinha do interior de São Paulo. Seu pai, Climério, é lavrador, e o garoto ajuda o pai no plantio do arroz ou na colheita do algodão, juntamente com seus irmãos.

Apesar de ter pouco tempo para se dedicar aos estudos, Juvenal é um aluno muito aplicado, que gosta sobretudo de ler e escrever. Seu pai, entretanto, acha que estudar é inútil e pretende tirá-lo da escola, para grande tristeza do garoto.

Para vencer a resistência do pai, Juvenal conta com aliados muito empenhados: o vô Amaro e os professores Mariângela e Tiago. O amigo Toninho também está sempre por perto, emprestando livrinhos de literatura de cordel, histórias simples e emocionantes que Juvenal lê para o avô ou em voz alta para a natureza, que parece comungar com os anseios de liberdade do menino.

Mas Juvenal só alcançará a liberdade mais tarde, quando puder transpor os limites de Aldeota e continuar seus estudos numa cidade maior.

Por dentro do texto

Personagem e enredo

1. Com suas palavras, descreva Juvenal, a personagem principal de *Botina Velha, o escritor da classe*.

2. Transcreva do livro alguns trechos que ilustrem as características de Juvenal, apresentadas por você na questão anterior.

3. Em sua opinião, por que o livro se chama *Botina Velha, o escritor da classe*?

4. Como era a relação de Juvenal com seu pai, Climério?

5. Como era a relação de Climério com o sogro, sr. Amaro?

6. Compare o nível de intervenção da mãe de Juvenal e de seu avô sempre que o pai fala em tirá-lo da escola.

7. A partir das relações mostradas na história (pai autoritário, filho obediente, mãe submissa) e percebidas por você nas questões anteriores, o que se pode concluir do papel do pai nesse tipo de estrutura familiar, muito comum no campo, principalmente na época em que se passa a história?

na nós, os peões. O que fazer? Tem que aprender a ler aquelas coisera toda; tem que ir pra escola, ou então é mandado embora. (In: Orlinda Corrijo Neto. *Alfabetização e trabalhadores*. Goiânia: UFG, 1997.)

O que se pode depreender, a partir desse depoimento, a respeito da relação dos trabalhadores rurais com os estudos, atualmente? Debata o assunto com seus colegas.

20. Em vários momentos do livro, faz-se referência à literatura de cordel, expressão literária de origem europeia que se tornou muito popular no Brasil, sobretudo no Nordeste. Faça uma pesquisa e descubra a origem da palavra, os poetas mais conhecidos, os temas mais abordados e outras coisas sobre literatura de cordel.

Atual Editora

Atividades complementares

•

(Sugestões para cinema e História)

16. Na atividade 12, você levantou algumas expressões regionalistas e ditos populares que aparecem no texto. Agora, faça uma pesquisa de campo e recolha expressões próprias de sua região. Você pode entrevistar pessoas de várias idades ou prestar atenção na forma como elas falam. Liste suas descobertas e depois compare-as com as de seus colegas de classe. No final, vocês podem juntá-las em um único caderno, criando uma espécie de livro de expressões da sua região.

17. Você já ouviu falar em Mazzaropi? Ele foi um popularíssimo ator, roteirista, produtor e diretor do cinema brasileiro. Foi ele quem levou para as telas, no final da década de 1950, o Jeca Tatu, personagem criada por Monteiro Lobato e que simbolizava o "matuto" do interior de São Paulo. Faça uma pesquisa mais aprofundada sobre Mazzaropi e, se possível, assista a um de seus filmes. Depois, estabeleça uma relação entre o interior retratado por Mazzaropi e o interior que serve de pano de fundo para Botina Velha, o escritor da classe.

18. A lei sobre a obrigatoriedade do ensino primário a que se refere o professor Tiago foi imposta pelo ex-presidente Juscelino Kubitschek. Faça uma pesquisa e tente descobrir que lei foi essa, quando foi editada, quais as suas repercussões, etc.

19. Transcrevemos a seguir um trecho de um depoimento de Vicente, trabalhador rural de 42 anos:

Tá muito difícil trabalhar na roça, o maquinário do patrão é cheio de palavras que nem o gerente está sabendo direito. Imagi-

8. Qual é a opinião de Climério a respeito da importância do estudo?

9. O que pensam João Carlos e Maurilo a respeito do empenho de seu irmão Juvenal em continuar estudando? Justifique sua resposta com elementos do texto.

10. Por duas vezes, o pai de Juvenal o tira da escola. A primeira vez acontece quando Juvenal está cursando o segundo semestre do 4º ano; a segunda quando o menino, já matriculado pelo avô no 5º ano, é impedido de ir às aulas.

a) Quais foram os argumentos utilizados pelos professores Mariângela e Tiago para convencer Climério a deixar que o filho voltasse a frequentar a escola e qual foi sua reação?

b) Dê a sua opinião a respeito da maneira utilizada pelos professores para convencer Climério a deixar Juvenal continuar os estudos.

Tempo

11. Em que época se passa a história de *Botina Velha, o escritor da classe*? Justifique sua resposta com elementos retirados do texto.

Linguagem

12. Algumas expressões utilizadas no texto são típicas do interior paulista, onde se passa a história.

a) Explique o sentido das expressões "O dinheiro tá na bacia da miséria" (p. 70) e "O avô de vocês não vale uma galinha morta" (p. 77).

b) Transcreva do texto outras expressões que demonstrem o regionalismo presente na obra.

Produção de textos

13. O professor Tiago tenta convencer Climério de que Juvenal teria mais condições para estudar se fosse embora com ele para São Paulo. Contudo, Climério não permite que o filho se vá para outro Estado. Escreva um outro final para a história supondo que após o término do 5º ano o pai tivesse deixado que o filho partisse com Tiago. Imagine as dificuldades enfrentadas por Juvenal, o deslumbramento com a cidade grande, o sucesso ou insucesso... Dê asas à imaginação. O escritor agora é você.

14. *Os livros tinham o poder de mostrar um outro mundo. Coisas desconhecidas. Um livro era um mágico que trabalhava no cérebro dele. Um companheiro-amigo que ia ensinando as coisas sem cobrar nada.* (p. 11)
Esse é o papel que os livros desempenham na vida de Juvenal. E você, o que pensa dos livros? Escreva, em verso ou em prosa, o que os livros significam para você.

15. Pés descalços, velhas botinas rústicas, sapatos pretos com meias... Ao longo de todo o livro, o autor se refere aos calçados usados por Juvenal inúmeras vezes – a começar pelo título. Por que será que ele faz isso? O que os sapatos estariam simbolizando? Escreva uma dissertação, expressando sua opinião a respeito.

• Isso acontece porque os pais são pobres e muitas crianças são abandonadas. É um mal de raiz que vem passando por gerações, embora nosso povo esteja mais consciente quanto ao valor da educação. Só a melhoria do nível de educação e consciência de trabalho honesto poderiam melhorar gradualmente a sociedade brasileira.

DENTRE AS CARACTERÍSTICAS MAIS MARCANTES DA PERSONAGEM JUVENAL ESTÃO O GOSTO PELA LEITURA E O DESEJO DE TORNAR-SE ESCRITOR. SUPONDO QUE ALGUNS DE SEUS LEITORES TENHAM A MESMA ASPIRAÇÃO DE JUVENAL, QUE CONSELHOS VOCÊ DARIA PARA OS QUE PRETENDEM SEGUIR ESSA CARREIRA?

• Primeiramente consultem seus sentimentos para saber se a vontade de escrever é uma necessidade sem a qual é quase impossível viver. Sendo assim, escrevam conforme o comando das ideias. Escrevam a mesma história umas três, quatro, cinco vezes. Guardem-na e depois de uns cinco anos, releiam-na fazendo de si mesmo o próprio crítico. E saibam de antemão que é muito difícil conseguir a aprovação para a publicação de um livro por uma grande editora. Entretanto, se escrever for um "carma", escrevam por prazer. Que paradoxo, hein?!